벌
레
의 집
은
아늑
하
다

벌레의 집은 아늑하다

이정록 시집

문학동네

自序

첫 시집을 꾸린다.

볏단처럼 잘 묶여지지도 이삭 쪽으로 무게가 실리지도 않는다. 맨발만 진흙 속에 남는다.

('분필시' 연작은 한 편도 실을 수가 없었다. 제대로 살아내지 못한 까닭이다.)

시집은 성과가 아니라 약속이라고 스스로를 달래본다.

그 동안, 심한 구박에 설움 많았을 돌피, 방동사니들아 이제 나가거든 신나게 연애하거라.

다시 길 위에 두 발을 올려놓는다.

1994년 초가을
차령산맥 끄트머리 황새울에서
이정록

차례

1부

서시

마을이 가까울수록
나무는 흠집이 많다.

내 몸이 너무 성하다.

보석달

식 올린 지 이 년
삼 개월 만에 결혼 패물을 판다
내 반지와 아내의 알반지 하나는
돈이 되지 않아 남기기로 한다
다행이다 이놈들마저 순금으로 장만했다면
흔적은 간데없고 추억만으로 서글플 텐데
외출해도 이제 집 걱정 덜 되겠다며 아내는
부재와 평온을 혼돈하는 척, 나를 위로한다

농협빚 내어 장만해준 패물들
빨간 비단상자에서 꺼내어 마지막으로 쓰다듬고
양파껍질인 양 신문지에 둘둘 만다
버려야 할 쓰레기처럼 밀쳐놓고 화장을 한다
거울에 비친 허름한 저 사내는 누구인가
월급날이면 자장면을 먹고 싶다던
그때처럼 화장시간이 길다
동창생을 만나러 나갈 때처럼

오늘의 화장은 서툴러 자꾸 지우곤 한다

김칫거리며 두루마리 화장지를
장식처럼 주렁주렁 매달고 돌아오는 길
자전거 꽁무니에 걸터앉아
산 위에서 부는 바람 시원한 바람
콧노래 부르며 노을이 이쁘단다
금 판 돈 떼어 섭섭해 새로 산
알반지 하나를 쓰다듬으며 아내는
괜히 샀다고 괜히 샀다고
젖은 눈망울을 별빛에 씻는다
오래 한 화장이 지워지면서
아내가 보석달로 떠오른다

나무 한 그루

내 棺으로 쓰일 나무가
어딘가에서 크고 있다

한 그루 한 그루
뿌리를 지키는 일이
얼마나 아름다운 산을 이루는가

하늘의 품은 하도 넓어서
나뭇잎 간혹 새처럼 치솟는다

밑가지를 버리고 순을 틔우는 나무
껍질에 딱딱한 벌레를 감싸며 그늘을 내려놓는
나무는 내가 해야 할 모든 것을 경험한다

목숨을 걸어야 내 할 수 있는 일
나는 누구의 따뜻한 棺이 될 수 있을까

나를 집으로 삼을 벌레들아
여기 나이테만 촘촘한 괴목이 있다

내 棺으로 쓰일 나무 한 그루
어딘가에서 하늘을 보고 있다

버림에 대하여

큰 산에 가면

오르기에만 급급해 숲이 보이지 않는다

개구리 소리 실한 두렁을 건너

앞산에 들어서니 이제야 들린다

오래된 가지를 꺾으며 새순이 트는 소리

삭정이 떨군 자리마다 둥우리를 튼 문양이며

굴뚝 하나로 하늘에 오르는 작은 마을이 보인다

썩어 거름이 되어야 할 것과

찬 새벽 군불로 타올라야 할 것들

툭툭 분지르고 털어버리는

여기 텃산 소나무숲에 서니

솔방울 하나 흘리지 않으려는

우리들 세상살이도 보인다

파란 하늘 나누어 이고

즐겁게 어깨를 부딪치는 나무들

발등 위로 삭정이가 쏟아진다

사과밭으로

목마른 새들
사과밭으로 날아간다
(새들은 언제 윙크를 할까)
새가 떠난 가을하늘이 텅 빈다
아직은 단풍 들지 않은 이파리 밖으로
볼화장이 너무 짙은 사과
가장 맛깔스러운 볼에
부리를 세워 입맞춤한다, 순간
새콤한 과즙이
가을하늘로 꽉 찬 눈동자를 적신다
쌍꺼풀이 감기며 깃을 터는 새
눈동자 속 하늘에 별이 뜬다
사과밭엔 온통 윙크하는 새들

사랑하는 그대, 가슴속
사과밭으로 날아가는 나는
한 마리 가을새

穴居時代

1

어쩌다 집이 허물어지면
눈이 부신 듯 벌레들은
꿈틀 돌아눕는다
똥오줌은 어디에다 버릴까
집 안 가득 꼴이 아닐 텐데
입구 쪽으로 꼭꼭 다져넣으며
알맞게 방을 넓혀간다
고추에는 고추벌레가
복숭아 여린 살 속에는 복숭아벌레가
처음부터 자기 집이었으므로
대물림의 필연을 증명이라도 하듯
잘 어울리는 옷으로 갈아입으며
집 한 채씩 갖고 산다
벌레들의 방은 참 아늑하다

2

PVC 파이프 대리점 옥상엔
수많은 관들이 층층을 이루고 있다
아직은 자유로운 입으로 휘파람 불고
둥우리를 튼 새들 관악기를 분다
아귀에 걸린 지푸라기나 보온덮개 쪼가리가
빌딩 너머 먼 들녘을 향해 흔들린다
때론 도둑고양이가 올라와
피 묻은 깃털만 남기고 가는
문명과 원시의 옥상으로
통이 큰 주인아줌마가 사다리를 타고 오른다
또 몇 개의 관이 땅 속이나 콘크리트 사이에서
우리들의 쓰레기나 소음으로 배를 채울 것이다
그리하여 관을 타고 온 것에는
새끼 잃은 어미새 소리가 있고
회오리치는 바람 소리가 있고

도둑고양이 이빨 가는 소리가 뛰쳐나온다
피 묻은 둥우리, 숨통을 막는
보온덮개의 질긴 터럭이
우리들 가슴에 탯줄을 늘이고,
PVC 파이프 그 어두운 총신들이
퀭한 눈으로 꼬나보고 있다

3

우리들의 가슴속에도
제 집인 양 덩치를 키워온
수많은 벌레들 으쓱거린다
햇살 반대편으로 웅큼 돌아눕는
그들과 우리는 낯설지 않다
코를 풀고 눈곱을 떼내며 아침마다
우리는 벌레의 집을 청소한다

그들의 방으로 채널을 돌리고 보약을 넣고
벌레들의 집은 참 아늑하다

헌책방 털보氏

   그는 칼을 쓰지 않는 조각가다.

   표지가 떨어지고 모서리가 마모되었어도 까만 글자 아직 눈 떠 있다. 헌책방의 헌 책 속에는 눈뜬 사람에게만 보이는 향기가 있다.

   정가표를 본다. 오래된 가격표에서 쑥냄새가 나고 해당화 같은 檢印 너머로 바다가 보인다. 세상은 늘 새것처럼 정가표가 붙어 있어 苦海의 목선에서 그가, 굳은살 두툼한 손사래를 보낸다.

   구석에서는 그의 아내가 겸업으로 옷을 수선한다. 크거나 작기 때문에 맡긴 옷, 구멍났기 때문에 맡긴 옷, 크거나 작은 옷에서는 '크거나 작은'을 없애고 구멍난 옷에서는 '구멍'을 없앤다. 크지도 작지도, 구멍나지도 않은 여자와 그는 행복하게 산다.

   긴 수염이 새로 나온 수염 끝에 매달려 책면지를 쓰다듬는, 누가 봐도 그의 얼굴은 헌 책처럼 생겼다. 그리하여 그를 보면 이삭 같은 농부와 통일 같은 병사, 그리고 백성 같은 대통령을 꿈꾸게 된다.

그가 낡은 소파에 앉아 신문 뒤에 상반신을 감추고 있다. 불편한 기사가 있는 듯 신문이 떨린다. 잠시 후, 재봉틀 소리가 그의 다리를 지나 너절한 골목길을 박아댄다.

헌책방을 들락거리던 아이들이 어른이 되어 찾아오면 그는 눈시울이 젖는다. 그의 눈망울을 타고 걸어나오는 오래된 글자들이 나란히 순대골목에 앉는다.

표지가 떨어지고 모서리가 마모된 사람들이 그 골목을 중심으로 살아간다. 누더기가 된 세상에서 쉽게 비바람 몰아친다. 몰아치는 누더기 비바람을 제일 먼저 맞아야 하는 낡은 널빤지나 종이박스도 헌 책처럼 黃人種이다. 이곳에 오면 대문을 지키는 연탄재도 연탄재 구멍을 맴돌다 나온 바람마저도 털보가 된다.

담금질

내 사는 집 옆에
이씨의 대장간이 있다
호미나 쇠스랑을 구워내는 영세전문업체
소음이 심하다 진정서 여러 번 받았지만
대대로 이어온 손끝을 놓을 수 없단다
공장에서 나온 것보다 매무새는 못하지만
땀이 배어 울퉁불퉁 힘깨나 쓸 것이라는
손잡이 없는 충전들이 쌓여 있다
양철지붕이며 굴뚝까지 신열을 앓아
아궁이 밖으로 외려 이씨를 구워낸 듯
일출 같은 원시의 등허리
탁 튀면 어디에 박힐지 눈물부터 솟구치는
아, 퍽퍽한 그의 손금을 거쳐
힘이 되고 싶지 않은 쇠가 있을까
대장간 이씨는 소주를 기울이며
근방 어딜 가도 내가 다듬은 쇠붙이들이
어루만지지 않은 땅이 없을 것이라

든든한 웃음 보여주는데
나도 누군가의 쇠가 되어 연장이 되어, 그래
대장간 이씨 앞에 서면
찬물을 만난 불 달은 쇠처럼
짱짱한 숨쉬기로 살고 싶다
담금질이란 쉬 식는 것이 아니라
후딱 단단해지기 위한 용기임을 잊지 말며

참나무

네 이름이 참나무인 것은

미루나무처럼 곧거나

목련처럼 소담스럽기 때문이 아니다

툭툭 터진 껍질 가득

앞발 날카로운 집게벌레와

독침 벌름거리는 왕퉁이를 다스리기 때문도 아니다

수많은 나무 중 네가 참씨인 것은

단단한 성깔 아꼈다가

사람과 세상을 이어주는

손잡이가 되어주기 때문이다

괭이나 도끼자루 맷돌 손잡이

해마다 터지는 새암배미 참말뚝까지

땀 흘려 일하는 나무이기 때문이다

댕강댕강 잘려 버섯까지 키우는 그대,

아직도 옆구리 퍼렇게 메질 사납지만

조그만 이마를 향해

온몸으로 사랑해줄 상수리 단단하다

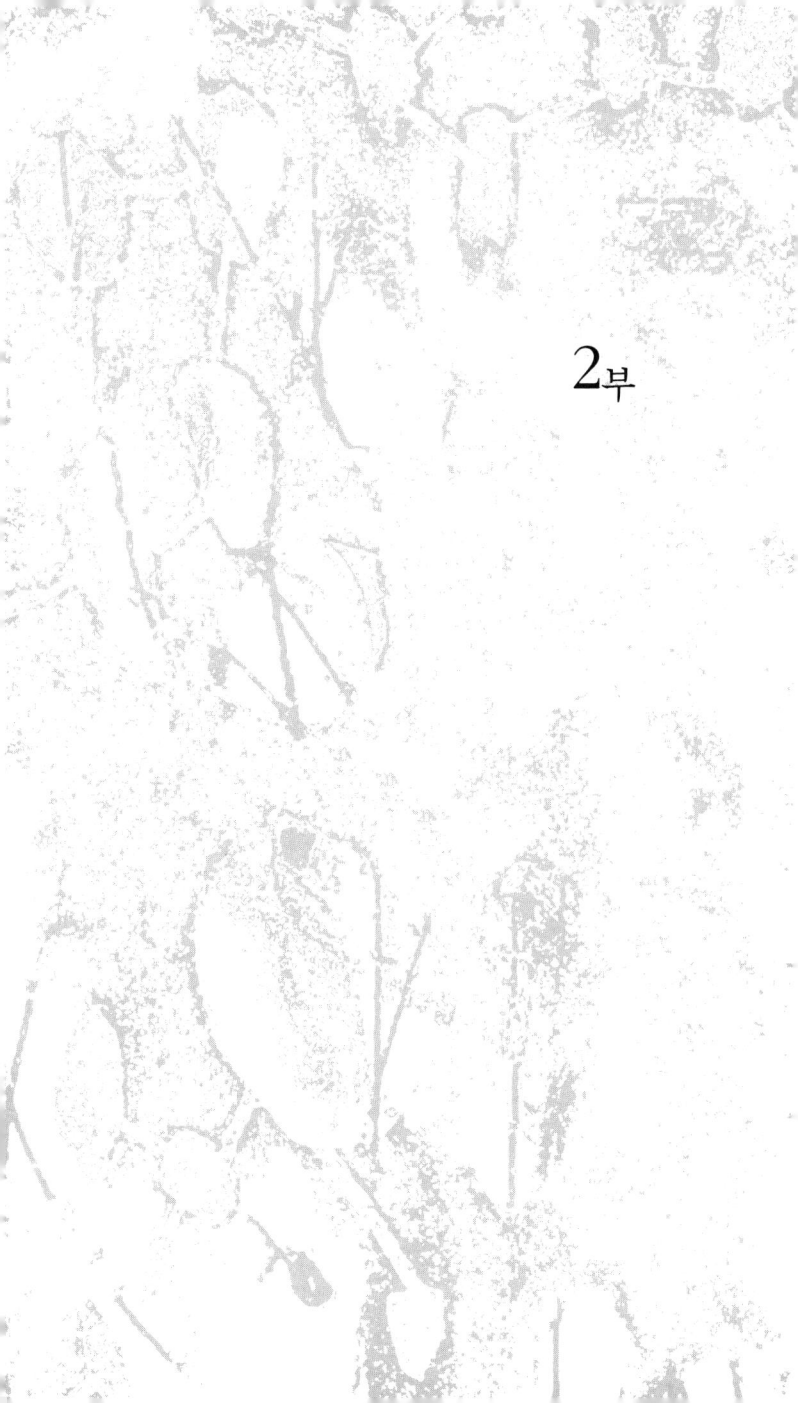

2부

오래된 풍선

이삿짐을 싸는 날
먼지 켜켜한 장롱 뒤에
풍선 하나 숨어 있었다
들이마실 꿈도 없이 그간
쥐도 새도 모르는 울음으로 시들어왔구나
추억만 남았을 때, 꿈이란
숨쉬지 않는 풍선처럼 흐늘흐늘
더이상 납작해지지 않는다
젊어 고생은 사서도 한다며
먼지 켜켜해지는 사내,
주둥이가 꽉 묶인 계란만한
풍선이 슬퍼진다
아이 손에 크레파스를 쥐여주고
터지지도 작아지지도 않는 오래된 풍선을
또 변두리에 부린다
더이상 납작해지지 않으리
찔끔, 날개를 접고 웃는다

물 이야기

―꽃무늬 벽지

벽지가 너무 환해서
어떻게 여기에 세간을 넣을까
장판 긁히지 않게 마음 졸이며,
화창한 며칠 하얗게 펄럭이던 이사 빨래들

곧 장마가 시작되었다
스물스물 꽃무늬 벽지가 젖어들었다
목소리를 높였지만, 주인은
제기랄 웬 장마가 이리도 길지,
난데없이 추곡수매가를 걱정하며 돌아갔다

날이 개면 곰팡이 피고 꽃잎 시드는
벽지 가득한 생화
아내와 팔베개하고 누워
마음속 꽃무늬 벽지를 얘기한다
젖어 있는 귀퉁이와 긁힌 장판을,
홀로 사시는 어머님의 가슴팍과

자궁벽 헐은 꽃무늬 슬픔을

여보, 늘 젖어 있으면
곰팡이는 안 피잖아요
순간 천둥번개 내리치며
시든 꽃무늬 다시 젖어드는데
전화벨이 울린다, 장판을 두드리는 물방울

애들아 별일 없지?
시큰하게 물꼬 넘친다

용수철

공책이나 화첩에 껴 있는 스프링은 자꾸 빠져나가려
한다. 앞머리가 시간을 밀고 나가면 구멍 숭숭한 흔적만
남는다. 낱장의 자유를 휘날리며 드디어 스프링도 자유
로워지지만, 자유란 의지일 뿐이기에 풀려나온 스프링
은 철사도 용수철도 되지 못한다.

뼈가 옥죄는 살을 갖고 싶어하듯
나도 꽉 조이는 자유를 갖고 싶다.

꾹 짜면 아무렇게나 쭈구러지는 물감 같은 나라에서
아내는 아이를 낳고, 초록색이 잘 칠해지지 않는다고 물
통을 엎지르고 덧칠을 한다. 스프링을 풀면 그림 같은
아이 다시 울어제낄 테지만, 속박이 싫다며 다시 월경을
시작한 아내, 피가 묻을지라도 때론 세상 밖으로 빠져나
가고 싶단다.

첫애를 낳은 후 일기예보를 시작한 삭신, 웅크려 공이

되는 아내. 서로 공책이 되고 화첩이 되어 웃음을 색칠
할 우리의 풍경화에 맑은 하늘은 언제일까. 자유는 의지
로 남아 있을 때 아름답지요 …… 허리를 펴는 용수철의
관절을 우두둑 꺾는 아내, 그 용수철 안에 똘똘 말려 있
는 나.

염소

고삐를 최대한 당겨서
원을 그린다 염소는
작은 발굽을 부지런히 움직여
수렁의 숨가쁜 길을 낸다 속이 타는 듯
간혹 잘게 뭉쳐진 응어리를
주루룩 뱉어놓고 다시 돌아와 으깬다
흔적이란 얼마나 슬픈 것인가
고삐에 스치는 목이 잘린 풀들
뭉툭한 허리를 튕겨 뿌리를 흔들어보지만
말뚝과 염소 사이엔 더이상
푸르른 꿈이 자라지 않는다

팽팽하게 당겨
우리들 길을 내보지만
작업장이나 사무실 곳곳
허리 꺾인 잡풀들
진물 흐르는 딱지를 떼내고 있다

염소의 곤죽길 가깝게
짙푸른 풀이 키를 덮고 자라듯
창 밖이 너무 울창해서
숲 밖에 있는 아내와 아이들은
아버지의 말뚝이 보이지 않는다
늙은 염소의 딱딱한 무릎과
주름을 덮고 있는 목사리,
핏대 선 고삐가

열쇠 목걸이

새가슴에 돈깨나 쟁이고 살았는가
담장 위에 유리 조각을 꽂아놓았다
발소리 들리면 도둑을 먼저 떠올렸을
그의 경계심도 비바람에 무뎌지고
지금은 장미넝쿨 무성하다
옷이 상하지 않도록 비켜 걷는 사람들, 장미마저
꽃보다 가시 때문에 심었으리란 추측을 낳게 하지만
상관없다는 듯 흐드러지게 늘어져 있다
골목은 더욱 좁아지고
넝쿨 아래 빈터에는 꽃이파리가 수북하다
빤쓰가 다 보이는 꼬마들에게
좋은 놀이터가 되어주는 꽃그늘
대개가 맞벌이인 부모들은
아이들의 목에 열쇠꾸러미를 매달아주지만
보이지 않게 걸어준 부모의 의도와는 무관하게
헐렁한 런닝구 밖으로 세상을 엿보고 있다
아이들 몰래 장미꽃을 꺾어가는 사람들, 그때마다

화들짝 놀란 꽃이파리 우수수 떨어지는

골목길 저 편에 트럭이 이삿짐을 부리고 있다

주전자라도 날라주려는 듯 박차고 일어나는 아이들

가슴팍에서 새나오는 작은 박수 소리

꽃봉오리들이 목 늘이고 듣고 있다

하얗게 아이들의 등어리에 달라붙는 햇살,

갑자기 골목이 텅 빈다

응달은 넓다

잘 커오른 나무
기계총처럼 베어내고
가장 따스한 땅에 묘를 쓰지만
눈 내리면 안다 반만 녹은 젖무덤
어떠한 햇살도 절반은 응달이어서
우리의 가슴이나 등이 왜 그리도 축축했는지를

칡꽃 안, 그 속그늘에서 일하는 벌
꽃가루 뭉텅한 종아리에도 응달은 있다
돼지구수나 오줌통에 쭈그려
목을 축이는 그의 가슴에 꽃향만 있으랴
꿀 한 모금에도, 그늘이 있고
오줌통 맑은 하늘이 뜬다

눈 쌓이면 안다 산자락의 아랫목
양지 바른 터에 지붕을 얹었지만
맞배로 녹아들지 않는 눈

꿀벌 윙윙거리는 칡꽃의 가슴에도
왜 바람이 불고 쉬 눈 녹지 않는가를

흐린 하늘의 잔등이에
이불을 펴는 햇살까지
눈 녹으면 안다 응달을 등에 지고
툭툭 굵어질 내 양달의 콩칡뿌리를

고물상

1

울타리도 고물 냉장고로 쌓아놓았다. 다른 고철들이 어딘가로 떠나 새로운 쇳덩어리로 태어나도, 냉장고들은 오래도록 직사각형의 고생을 할 것이다. 기둥이나 벽돌처럼 모난 것은 모두 목이 마른 법, 마당 가득한 고철들을 바라보며, 우리의 팔다리와 뇌세포에 달라붙은 거수경례와, 우향우 좌향좌의 숙련된 각도조정을 생각한다. 녹슨 냉장고처럼 벽이 된 고물의 생각과 업무들, 단순 포장에 회로 복잡한 우리들의 머리와 미래를 생각한다. 다만 힘을 서려둘 뿐 하늘도 구름도 모난 것은 없다. 속부터 녹슬지 않는 쇳덩어리여, 구름 너머 하늘처럼 푸른 가슴 키울 일이다.

2

무엇인가 될 수 있어야 여기에 온다. 산처럼 높이 서
서 젊은 시절을 얘기하며, 버걱거리는 귀 기울여 서로의
노래를 듣는다. 고철 속 싱싱한 뼈처럼, 헌책더미 속 까
만 글자처럼 나는, 사람들 사이에 눈 떠 있는가. 고물이
된 세상 안에 벌써 고물이 된 고통이여. 다시 무엇이 되
길 꿈꾼다면 땀 흘려 삭신 아픈 고물이 되어야 한다고,
빛나는 생각만은 잃지 않으며 둥근 산 흙 가슴으로 살아
가야 한다고, 마음 세우며 우리는 여기에 산다. 폐비닐
속 따뜻한 공기처럼.

멸치

1

주검을 다듬으려는
우리의 무모함에 소금꽃을 건네고
함석 쪼가리 같은 지느러미를 세운다

키(舵)를 눕히지 않는 멸치

2

평생 입고 다닌 게 요 모양이라니,
커다란 머리를 앞세우고 꼬리를 흔들며
온몸의 찌꺼기 긁어모아 기워입은 갑옷이
바듯 제 한 몸뚱어리
잔가시만 덮고 있을 뿐

3

가장 굵은 등뼈 아래 똥이 반이다
가느다란 갈비뼈로 울타리까지 치고
똥덩이 묵직할수록 땀차게
흔들어야 하는 불쌍한 꼬리

껍질뿐인 멸치의 머리

4

한 올의 물결이 어긋나도
한결같이 머리를 튼다
꼬리를 휘어 키를 꺾어보지만
그물은 넓고 그물코는 너무 작아
갇혀서도 자유로운 듯한 우리들,

한 올의 물보라에도 돌아서지만
누군가 벼리를 조이며
우리의 주리를 틀고 있다

5

눈을 뜨고 죽는 것이다
살아남은 자로 하여금
처든 눈 감기게 하는 것이다
내 눈꺼풀을 쓸어내릴 때
그의 손바닥에서
드디어 풍경 하나 닫히고
나는 나의 길을 간다
잘 있거라 내 마지막 눈동자가
네 손금에 걸려 있다
녹말과자 같은 멸치의 눈,

치켜뜨고 죽는 것이다

6

똥을 빼내려면 텅 빈 머리부터 쳐야 한다
목구멍을 지키려 얼마나 아가미를 단련시켰는가
아가미가 잘리며 몸통만한 똥덩이 따라나온다
모든 식도(食道)는 가련하게도 머리를 달고 있다

7

아무리 오래 살아도
고래가 될 수 없음을 안다
우리의 뒤척임이 파도가 되지 않고
우리의 기도가 흔들리는 해초 하나

햇빛 가까이 끌어올릴 수 없다는 것을,
물방울 몇 개 띄워올리며
내 꼬리지느러미 옆에
네 주둥이 간지럽게
옆줄 나란히 어울려 살아가고 싶을 뿐

8

바다에 가고 싶다
철사처럼 딱딱한 몸통에서
목이 잘리고 내장이 빠지며
푹, 사나흘 삶아져도
남아 있는 뼈와 살
서로 놓지 않는다 남은 지느러미로
저어저어 솥 가로 몰리며 솟구치며
다시 바다에 가고 싶다

9

뱃속 똥이 보이지 않는다
끼니 걱정을 놓고부터는
내 머리와 아가미가 한 길임을
알지 못한다 거대한 바다를 헤쳐나가던
수만의 지느러미와 단단한 주둥이를,
멸치대가리를 자르며
나를 보지 못한다 껍질뿐인 머리와
가슴 가득한 똥을

가시를 눕힌 뒤.

집

들녘에 있는 변두리
이층집으로 이사를 한다

연탄가스 심한 월셋방에서
드디어 전세로 옮긴 아내는
보일러 작동법을 배우며 목련꽃처럼 웃는다
베란다에 빨래도 널고
조그만 서재도 꾸미며
이삭 밴 벼포기처럼 자랑스럽다
주인집 강아지도 금세
화끈하게 꼬리를 흔들어준다
담장 가득 장미넝쿨 우거지고
창을 열면 논들이 정원인 듯 푸르다
무럭무럭 잘 자라준 아들아 고맙다
새벽은 장미넝쿨 속에서 사는 참새들의 것,
우리의 아침은 새들이 남긴 자투리로도
장미꽃처럼 기쁘게 깨어난다

되돌아보니, 이사 온 지
벌써 일 년이 넘었다

들녘 한복판이라 농약 냄새 심하고
귀찮은 날것들과 시도때도없이 짖는 개에
불평만 무성한 우리를 본다
턱없는 기름값과
물청소하기 어려운 참새똥,
시장 또한 멀어 새똥처럼 불평만 쌓인다
창 밖 너른 들판이 부동산으로 보이고
우리들의 늦잠 위로 새소리 들리지 않는다
저 멀리 고층아파트 위로만
태양이 빛난다 이제
애드벌룬만한 슬픔이 우리의 몸을 묶고
더이상 날지 않는다

사랑하는 그대여

남의 집 울타리에 기숙하는

저 새는 벌레나 줍는 배고픈 생명인가

아니면, 떼지어 창공을 나는 자유인가

우리들 짹짹거리는 작은 가슴을 맞대고

진짜 집에 대해 생각한다

다시 기쁨으로 쏟아질 새벽

새들의 노랫소리를

3부

탱자나무의 말

가진 것도 없는 것이
가시만 날카롭다 말하지 말아요
알통 굵은 내 뿌리 근처
하얗게 쌓인 새똥무더기를 보아요
심장 뜨거운 단단한 새들
털끝 하나 흩뜨리지 않아요
그대에겐 시고 떫은
탱자에 지나지 않겠지만
헛된 욕심만 끌안고 사는 그대에겐
가시울타리에 지나지 않겠지만
그대가 알겠어요 가슴 가득
자유의 새떼를 품는 뜻
피고름 그득한 세상을 향해
열매보다도 가시를 키우는 큰 뜻

새

새끼를 꺼내 달음질치면
빡빡머리 가까이 어미들이 쫓아왔다
보리밭둑에 넘어지기도 하고 땀이 솟았다
싸리나무로 엮은 새장에 넣고
재빨리 안방으로 숨으면
어미새가 문살을 두드렸다
날아갔나 싶으면 벌레를 물고 와
또다시 노려보았다 빨갛게
울부짖으며 온몸을 던지곤 했다
오히려 갇힌 것은
나였다 오줌끝을 붙잡고
새가슴으로 두근거렸다
밭에 계신 엄마는 왜 안 오실까
새는 더이상 예쁘지 않았다
울음소리도 더이상 아름답지 않았다
결국 나는 항복했으며 오줌줄기
시원했다 싸움은 끝내 자유를 낳는 것

어른이 되어 대동 한마당의 주먹을 쥘 때마다
생각한다 꾀꼬리와 때까치와 솔새들
그들의 부리와 발톱과 눈물을 본다
그 작은 몸 전체가 단단한 사랑이었음을
가슴에 새긴다 새가슴과 새대가리라는
우리들의 오만한 언어를

철로는 목이 마르다 1

짐 보따리가 유난히 크다

방울 소리 들리는 간이역

창 밖으로 복종을 강요당할 철로와 버팀목이 쌓여 있다

어느 바닷가에 익사체로 떠 있던 원목

간간하게 배어 있을 소금기

땀에 전 건장한 사내의 어깨를 타고

거대한 톱날이 지나가고

침묵을 위하여 콜타르를 입혔을 버팀목은

지금 목이 마르다, 풀 한 포기 자라는 것도

허용할 수 없다, 알맞게 분쇄된 돌멩이 위에 몸을 눕

히고

만날 수도 없이 어깨너머

서로의 불행을 확인하며 살고 있는 버팀목 위로

오줌이 튈 것이다, 정차중 사용금지

청카바를 입은 건널목 아저씨가

황색 깃발을 흔들고 있다, 기차의 출발을 위해

건널목 닳아빠진 버팀목은 목이 마르다

메뚜기와 노니는 깡마른 얼굴 위로

분사되는 똥가루 더덕더덕 붙은 철로는 목이 마르다

종착역에 내려 값싼 포장집에서 소주 기울이고

철로 끝간 데로 가서 보아라

분단국을 달려온 두 줄기 쇠토막과

바다 건넌 밀림의 원목이

하역작업에 간간해진 바닷가 언덕바지에 머리 박고

소금기 밴 물이라도 퍼먹는 것을,

철로처럼 침목(枕木)처럼 우리는 모두 목이 마르다

빵인 줄 알고 돌을 쥔 것은 아니다

철로 옆 코스모스처럼 얼굴 부비며

우리의 눈물은 아직 짜고 뜨겁다

철로는 목이 마르다 2

어둠을 가르며 기차가 지나간다
기다리던 풍경들이 속도보다 빠르게 박수를 치며
철로를 중심으로 대오를 맞춘다
살펴보면 어깨걸이로 떠받치고 있는 버팀목과
그 등허리에 박힌 자갈들이 철로를 존재케 한다
자갈과 버팀목에도 방향성이 있다
철로만이 노선인 듯 원근으로 뾰족하지만
진보란 자갈들의 깨진 이마와
버팀목들의 뼈마디에 깊은 골로 패어 있다
그대 후진하는 기차를 보았는가
요령 소리 슬픈 건널목을 지나 뒷걸음치는
그렇지만 복잡한 노선까지 물러난 뒤
앞서 갈 기차와 우렁차게 차례를 바꾸는,
후진하는 기차의 바퀴까지 쫓아가
힘을 모아주는 자갈처럼
아직은 목이 마른 기적 소리로
우리의 땀은 짜고 뜨겁다

사슬

아가미와 올가미를
나란히 써놓고 오래 바라보면
올가미는 커다란 아가미가 되고
아가미는 큰 올가미 아래 모인
수많은 사람이 된다

무우

헐값의 무우를 파묻는다
저장이란 희망을 갈무리하는 것이지만
이제 잊어야 한다
삽날에 부딪치는 돌멩이의 눈에서 불꽃이 인다
구덩이를 각 잡아 팔 필요도 없다
경운기에서 쏟아지는 자세대로 썩어문드러질 녀석들
다시 거름이 되거라 또 돌아서서 잊어야 한다

시래기 얼어붙은 무우밭
염생이가 겨울을 묶어 돌리고 있다
배고픈 울음 밑에
숨죽인 채 슬플 무우야
속 쓰리게 하는 것이 너뿐이 아니여
동짓달 기나긴 가슴이 탄다, 술 깨오는
위장벽에 따갑게 싸래기 뿌려
억지로 누르고 살던 하얀 네 얼굴
동치미 국물이나 생무우로 떠오르게 한다

별빛을 안고 잠든 눈 내린 텃밭

깊이 접어두었던 절망 위에 곡괭이를 꽂는다

맨발의 고무신 속으로 개 짖는 소리 차가운 밤

꽁꽁 언 땅에서 빛 한 줄기 만나지 못했을 무우야

신통하다 와락 솟아오른 싹

깜깜한 짓눌림 속으로 버림받은 너희들

끼리 어울려 피운 싱싱한 싸움이여

염생이처럼 슬피 울며

언 시래기로 겨울을 나는 우리에게

뿔이 되어 안긴다

말뚝

1

싹이 틀 놈인가를 살핀다
무너진 둑을 쌓아올리려
말뚝을 깎을 때,
힘은 참나무만 못하지만
물오른 버드나무나 미루나무로
위아래 가늠하여 말뚝을 친다
곁가지 커올라 그늘 드리우면
삭정이 따듯 쳐버리면 그뿐
잔뿌리는 벌써
단단하게 둑을 채운다

2

무지렁이 애비 가슴에
우지끈 박아놓고 떠난 녀석
어언 실뿌리 무성하다
어찌 자식놈만 탓하랴
짓눌리는 가슴 구석구석
그늘 깊은 가시나무 덤불을 이루고
그놈의 자슥, 낫날 같던
눈초리마저 희미해져
쭉정이 무성한 霜降의 들녘에
어둠 내린다

쑥

1

이른 봄 이 땅의 백성들은
들에 나와 쑥을 뜯으며 칼질을 배우고
날선 칼 하나씩 유산처럼 물려주었다.

2

우린 쑥을 좋아했다. 누나의 손을 잡고 논두렁에서 뜯
던 어린 쑥, 살갗에 스치는 솜털도 지긋 눈 감게 하는 냄
새도 좋았다. 여린 살에 때로 피가 흐르면 쑥을 빻궈 상
처에 붙였다. 그리고 쑥떡이나 먹어라 쑥떡이나 먹어라가 왜
욕설인지 늘 궁금했다. 집에 돌아오면 매일 깔을 베어야
했고 토끼도 큰 황소도 똥구멍이 막힌다고 병든 아버지
는 깔짐에 섞여오는 다북쑥을 골라내곤 하셨다. 유난히
큰 쑥이 흔들리던 공동묘지와 쑥내음이 나던 큰할머니

의 시신, 어른이 되면서 쑥과 함께 살아온 선조들을 만났다. 똥구멍이 찢어지게 가난하단 말도 쑥 때문임을, 조금씩 쑥이 두려웠다. 보릿고개에도 쑥이나 쑤셔넣고 한 맺힌 몸 구석구석 쑥찜도 하고 답답한 냉가슴 항문까지 막힐 듯한 세월에도 늘 쑥과 함께 했다. 태아의 엉덩이에 물이 들도록 먹는 쑥을 또, 먹어라 먹어라 얼마나 큰 욕이었겠는가.

멍처럼 푸른 쑥, 가슴이 저려왔다.

그가 두고 온 빈집에선

1

사람이 떠나도 해마다
봉숭아는 씨앗주머니를 부풀린다
빗물에 싱거워진 장독에
잡초 무성한 정적(靜寂) 위에
장난처럼 꼬투리를 터뜨린다
고추잠자리가 잠깐 날개를 고쳐 앉을 뿐
무너진 굴뚝도, 선 끊긴 안테나도
표정을 바꾸지 않는다
망초꽃 우거진 안마당까지
퉁퉁 부은 관절로 봉숭아가 서 있다
사람이 떠났어도 해마다
마루턱에 탑을 쌓는 제비똥을 보며
냉큼 꽃술을 내미는 봉숭아
버짐이 핀 잎사귀에
잠시 물기가 돈다

2

키다리꽃처럼 담장을 넘보다가
빈 깍지만 신고 떠나온 부끄러운 이사
씨앗은 멀리 터뜨려야 한다며 마음 달랬던
그는 이제 호박 속보다도 밝은 조끼를 입고
물꼬를 보듯 새벽일 나가는
환경미화원, 가연성 쓰레기통에서
불에 그을린 알루미늄 캔을 꺼내다가
텃밭에 묻은 돼지새끼를 떠올리는,
차령산맥 끄트머리에서 튕기친
귀 떨어진 문패, 그가 새벽안개를 헤치고
쓰레기통에 상반신을 넣었을 때
종을 울리듯 당목(撞木)처럼 달려든
……트럭……혼미한 의식 너머로
일제히 터지는 봉숭아 꼬투리,
그때 두고 온 마을 빈집에선

탱자나무를 타고 오른 하눌타리가

진물을 흘리고 있었으며

봉숭아는 빈 깍지만 말아쥔 채

입추(立秋)를 맞고 있었다

감자꽃이 피기 전에 북을 돋워주세요

1

당신의 호미로 허리까지
젖은 흙을 얹어주세요
눈 감고 키울 하얀 속살
하늘도 별빛도 마다하고
꽈리 몇 개 만들어 홀로 즐겁겠습니다
무더운 여름 지쳐 쓰러지면
당신의 한줌 흙으로 키운
부끄런 속살을 바치겠습니다

2

1970년 여름이었을 거야, 배고픈 오후
실한 감자를 캐며
전날 처음 맛본 삼립빵을 생각했지

그 10여 년 후, 뿌리째 뽑힌 넝쿨
밭고랑에 걸터앉아 호미질하면
돌들이 튀어올랐지, 손아귀에 알맞게
알이 찬 살아 있는 돌
시든 넝쿨로 고향을 찾으면
빈틈 햇살로 퍼렇게 독이 오른 감자가
마루 밑에서 날 노려보고 있었지

3

땀에 젖은 저녁 노을
텃밭을 거닐다가
잎사귀 시든 날 캐내셨지요
하얗게 웃는 내 식솔들의 눈을 보시며
슬픈 돌멩이를 생각하셨나요
어디쯤인가 상처로 누워 있을 그 돌멩이도

더 튼튼한 식솔들을 키우고 있겠지요
역사의 과녁 밑에 지긋 눈을 감고

4

훗날 내 자식은 어떨까
애비처럼 감자를 보고 빵도 생각하고
아니면 애비의 무능과 에미의 한숨에
어쩜 팔매질도 할까

돌로 보일 나라 아니었으면
좋겠네 천 년 후에도 꿋꿋할
씨눈까지 볼 수 있길
땀방울로 북을 주고
독 오른 핏줄로 굵어진
싱싱한 눈초리 가슴 깊이 심을 수 있다면

좋은 나라에 알뿌리 드리운
감자같이 단단한 아이였으면
정말 기찬 세상
새벽별처럼 초롱한 씨눈의 아이였으면
좋겠네

5

북을 돋우세요, 역사의 눈가림에
당신의 호미로 흙을 끼얹으세요
순수의 속살, 그 하얀 힘 위에
감자꽃이 피기 전에 북을 돋워주세요

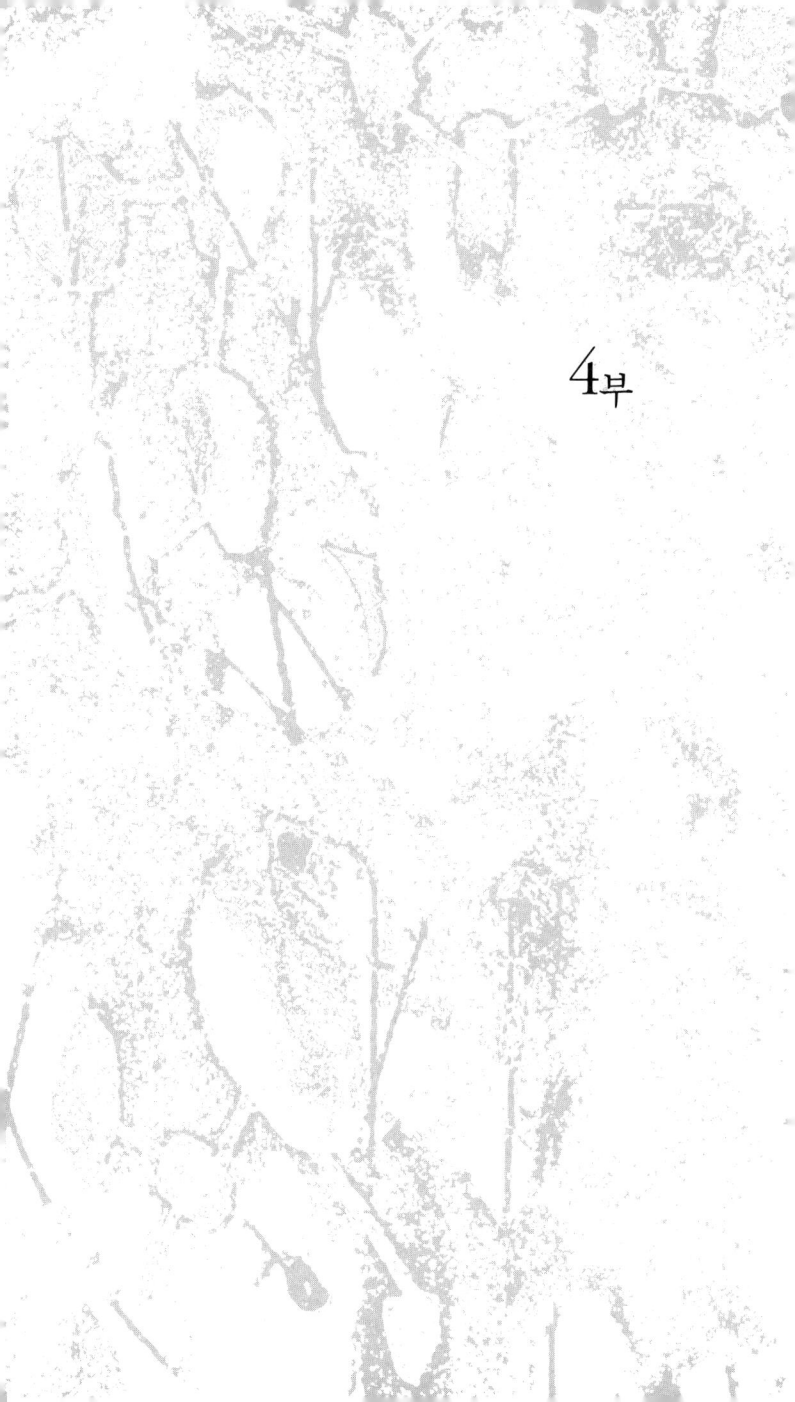

4부

은사시나무

속성수로 이름 높은 너는

도시에도 구석구석 서 있구나

먹빛 하늘 높이 폐수를 뿜아올려

은전처럼 반짝이는 너희들 중

몇몇은 말라죽었구나

고사한 나무들은 한결같이

자신의 중심을 향하여 비틀어져 있구나

가지 끝으로 타는 심장을 쥐어뜯으며

죽어갔구나 절망의 하늘에 별빛 멀고

썩은 논리들이 발목을 휘감으면

울분과 증오를 중심으로 힘을 모으는구나

사시 된 하늘에 거대한 주먹을

치켜드는구나 우리들의 주먹이나 갈비뼈처럼

단단한 그 무엇을 쥐고 있구나

한식(寒食)

병이 깊으면
뒤뜰이 좋아지나보다

간경화로 고생 많은 아버지와
할머니가 두런두런 뒤뜰 풀을 뽑는다
항아리로 차오르는 아버지의 배
화롯불 놓을 장작더미도 어루만지고
해묵은 국화며 상사초를 옮겨심는다

(어머니, 울타리를 다시 허야것슈
뫼느리밑찡개만 무성헌 언덕빼기를 허물구
골담초두 욈겨심구 두릅남구두 심궈야것슈
새끼덜 낭중에 고향집이라고 찾으면
가시 돋친 두릅 순을 꺾으며 못난 애비 생각두 허것지
유)

장날이면 호두나무며 대추나무 묘목을 사와

울 안 구석구석이며 두둑마다
쉬엄쉬엄 구덩이를 파는
아버지는 평생 열매 좋은 나무였을까

(가꾸지 안혀두 크는 마구라야 혀
니네덜 죄다 대처에 살더라두
스러지는 지붕 너머로 혼자서두 열릴 것잉께)

마음만 깊은 아버지의 나이테에
빙빙 황사바람이 인다 캄캄한
항아리 속 얼굴을 어루만지는 아버지,
병 깊고 나이 많아지면
기웃거리는 뒤뜰 잔바람이며
울타리 너머 차운 달도 다정한 벗이 되나보다
밥풀꽃 같은 할머니와 아버지가
어둠을 흔들며 모퉁이로 나온다

별이 뜨는 길은

뒤꼍으로 나 있는가

근하신년

그의 직업은 거지다

굳어버린 목뼈 때문에 땅을 경배하는
그는 겸손한 사람이다
동전을 줍기 위해 고개를 숙인 것도
부끄러움이나 아부 때문도 아니다
엉성한 치열 사이로 벙긋 피어 있는 한 사발 웃음
전쟁 때문인지 조국 근대화 때문인지
이 시대의 상징처럼 다리를 절지만
수입코너 앞 쓰레기통에서 주운
구식 양복에 넥타이까지 졸라맨 그는 신사다
은전 한 닢을 건네며
우리들은 거북했던 양심을 느슨하게 풀고
햇살 가까운 양지쪽으로 자신을 데리고 간다

장날 아침이면 봉고차에서
수십 명씩 쏟아지는 기업형 거지가 아니다

갑자기 불구가 되어 위협 반 구걸 반
요리를 잘하는 사기꾼이 아니다
그는 개인사업가며 자유주의자다

텅 빈 집에 체온을 더하고
팽개치고 간 살림살이에 따뜻한 손때를 묻힌다
타인의 적선을 강요하지 않으며
용기와 웃음을 헐값에 건네주는 그는 오래된 책이다
팔다리도 편치 않은 그가
오늘은 연하장을 건넨다
봉투도 없는 것이 주운 것 같지만
지금까지 만난 수많은 글 중에
이보다 더한 참마음이 있을까
인쇄된 그대로지만 훈훈한 겨울이여

지난 한 해

보살펴 주신 후의에 깊이 감사드리며

새해에도 가정에 만복이 깃드시길 빕니다.

하늘에게 땅에게, 거지 아닌 사람은 없다

애향단

오학년 때 나는
우리 마을 애향단장이었다
마찻길에서도 왼쪽 통행을 강요하고
손수건 차고 다니는 조무래기들에게
손 흔드는 법, 씩씩한 군인 기질을 키워주었다
애향의 깃발은 늘 힘차게 펄럭였고
완장의 위력은 컸다
잘못에는 기합을 주고
칭찬은 한 몸에 받는 대표자
무궁화 꽃밭을 만든다고
콩두둑을 파헤쳐 혼쭐도 났지만
장래희망란에는 군화 자국이 찍혀 있었다
중학생이 되어, 그러나 알았다
빡빡머리를 쓰다듬어주시던 선생님은
완장을 차고 계시지 않았다
알았다 더 나이를 먹어
교과서 밖에서 씨 내려온 나를

깃발을 위해 숨겨간

수많은 풀, 그 짙은 슬픔을

완장으로 얼룩진 저녁 노을이여

아직도 곁눈질의 보행만을 가르치고

겨레의 큰 사랑 뭉개는 법도

잘 지켜지는 나라

저만치에서 나는 애향단장을 역임했고

초전박살 꺼지지 않는 제이훈련소 조교였음이

간혹 완장처럼 몸을 조여와

쉽게 취하곤 했다

그런 날 밤이면 으레

이 땅의 돌들은 툭툭 내 발가락을 찼고

하늘에서는 빛나는 별들이 쏟아져

어느 나라인가, 깃발에 박히고 있었다

아버지가 박아준 못

1

도끼날이 빠지지 않도록 아버지는 회구녁*에 굵은 못
두어 개 박는다 팽팽한 결이 갈라지며 한 몸이 되는 손
잡이, 부러져도 빠지지 않는 도끼머리를 쇠죽아궁이에
달군다 시뻘건 대못이 치익 칙 구정물을 먹고 부뚜막에
놓인다 훨훨 타오르고픈 우리들도 목 언저리에 대못을
치고 살아가는 건 아닐까

2

녹슬어버린 못이 독이 되었는지 수도 없이 잔기침을
해대고 아침은 아직도 멀기만 한데 안마당에 자꾸 가래
를 뱉는다 멍멍이나 소 울음도 기침 소리를 닮아가고 닭
들은 얼어붙은 가래침을 쪼아먹는다 주름뿐인 목을 지나
갈비뼈에 박힌 못 끝, 더듬으며 아버지는 천식이 깊다

…하지만 자식들아 머리 따로 손 따로 굴리지 말아라

철들기 전에 단호하게 굵은 못 두어 개 박아 족보를 묶는다 목울대나 오래된 책에서 빼낸 반쯤은 녹이 슬고 굽은 못, 곧게 펴 다시 박으면 새못보다도 단단한 못, 빠지지도 삐걱이지도 않게 아버지는 못질을 한다

…삶이란 서슬 푸른 도끼날이 아니란다 더구나 뒤껻에 쌓아둔 생나무장작도 아니란다 그을린 못대가리를 감싸고 있는 숯 같은 것, 망치 자국 뚜렷한 강목(强木)으로… 삶이란 도끼자루처럼 손때로 빛나야 한단다

…하지만 아버지, 못대가리가 너무 커, 이놈의 못이 너무 깊어.

* 회구녁(괴통, 굇구멍) : 도끼·쇠스랑·괭이 따위의 자루를 박는 구멍.

아주까리

1

우리들은 많이 닮았다
그늘 넓은 잎이며
고개 내밀어 뽐내지 않는 작은 꽃
울타리 아래나 갯간 언저리
아무 데나 뿌리내려 뽑아올리는 삶
그 그늘 아래 더위 먹은 누렁이도 눈을 붙이고
소나기 피하는 이마 위로 우산이 되기도 한다
아주까리는 넉넉한 쉼터
우리들 마음을 많이도 닮았다

2

여물기 전에는 부드러운 살

푸른 콩털에 지나지 않지만
아주까리에도 가시가 있다
열매를 중심으로 모여 있다가
그을린 얼굴로 알차오르기 시작하면
제 씨붙이 지키려 힘 세운다
끝내 한 몸 부서질 양이면
체한 놈의 세상 시원하게 뚫고 싶은
삐걱거리는 바퀴마다 윤활칠도 하고 싶은
우리들은 아주까리와 많이도 닮았다

매미

모든 껍데기는 몸보다 크다

부숴버리는 게 아니라
땅덩이 무겁던 등허리를
한 일(一)자로 찢고 나온다
빛 이전의 하늘이
매미의 등허리로 들어간다, 검은 광합성
아흐레 아침저녁
불룩한 두 눈의 중심으로 해가 넘나든다

빛을 쪼던 송사리떼 떠올리며
신발을 벗고 두렁을 걷는다
묵직하지 못하고 복잡하게만 사는
나는 가슴팍이나 머리통이 찢어질 것이다

어머니의 등허리
어두운 그곳으로 내가 나왔다, 외곬인생

어머니의 새 을(乙)자 척추가
저 건너에서 두렁콩 순을 집는다
뚝, 매미 소리 멎는 여름 한낮
내 싹아지를 집는다

아직도 몸 안에 있는
작은 내 껍데기
그 속에 고인 눅눅한 공기가 움찔한다

요강

탄광이 문을 닫은 후
분교 운동장의 태극기 엄살처럼 펄럭이고
공허한 만큼 짙어진 아낙들의 화장기
우리들의 시커먼 얼굴도 점점 등성이를 내보이지만
영락없이 아이들은 질척이는 탄맥이다
평생을 캐낸 한숨의 선탄 위
땟국물 흐르는 아이들만 아직 폐광 아니다
가슴을 패는 물소리 더욱 차갑게 흐르고
달빛 멀리 한숨 소리만 칼바람으로 무거워졌을 뿐,
연탄 냄새를 맡으며 누워 있으면
낙석처럼 튀어나오는 우리들의 불치여
보험카드 빈 칸 가득 서걱이는 삭신이여
빠져나간 이웃만큼 차오르는 저기압의 웅덩이로
오씨 가게에 모여 뾰족한 미래를 깎아보지만
막장일보다 일찍 지쳐

아픈 한 부분씩 어루만지며 돌아올 뿐이다

2

누추한 곳부터 찾아드는 골짜기의 겨울
고드름마저 뒤척이는 밤이면 들려온다
그 옛날 어머니께서 요강 부시던 소리
냇물에서 건져온 요강에 걸터앉으면
등골을 타고 올라 머리카락 세우게 하던 토방의 연장들
어서 커서 곡괭이를 잡고 싶었다, 그러나
휘황한 텔레비전 앞에 곯아떨어졌다가
새벽보다 이른 애비의 기침 소리에 잠 설치는 아이들은
몇 번째 갈비뼈에 다이너마이트를 쟁이고 살까
차라리 잘된 일이다 아이들아
흑백의 계곡을 떠나 이제
그 무엇으로 컬러의 계단에 오르랴만

찜통을 지고 하늘 높이 오른다 해도
캄캄하기는 매한가지겠지만
쉴새없이 일한 연장처럼 번뜩이는 냇물이여
자네 싱싱한 숨소리여
얼만큼 차가운 요강으로
어두운 세상 잠든 척추를 세울까

닭장을 부순다

1

닭장을 부순다
바닥에 쌓인 닭똥을 보니
중풍으로 돌아가신 도시짱 할아버지
허연 눈이 떠오른다
저승문이 저럴 거야 향숙이네 사랑채
깊은 어둠 속에서 빛나던 눈
손짓하여 우릴 부르면 무서웠다
누구도 용기를 못 내 가위바위보를 할 때
떨리는 가슴에 닭살이 돋았다
주춤주춤 들어가면 놋요강이 먼저
노려보았다 천장에서 내려온 노끈을 잡고
저승을 당기고 있는지
이승의 구들장이 차갑게 식고 있었다
한 움큼 쥐어주던 알사탕
몇 번이고 핥아내어 씹던 이승과 저승

마지막 갈림길의 단맛
불안했다 상급생들이 깨물고 난 후
따라 조무래기들의 우물거렸다
조심스럽게 익힌 재미를
멀건 눈동자로 바라보시던 할아버지,
닭장을 부숴 불을 지핀다
횃대처럼 곧은 몸으로 오르셨을까
올라가다가 굽는 연기를 바라보며
훠어이 훠어이

2

닭장을 부순다
썩은 나무 속 녹슨 못
아직 빛나는 이빨 살아 있다
발악발악 뽑혀진 못대가리를 주위모으며

곧은 놈 곧은 대로, 휜 놈은 휜 대로 지켜온 삶
머리부터 발끝까지 녹슬 대로 슬었지만
아직 호박 속 같은 마음,
이제 쓸모없는 닭장 철사망 아래
닭똥무데기가 날 쳐다본다
버려진 삶이 어떻게 굳어졌는가
퀭한 눈을 닮은 둥우리며
정강이처럼 깡마른 횃대까지, 닭장을 부순다
스무 살쯤에서 잃은 깃털
바동바동 살아오며 부서진 껍질이며
넋 나간 눈동자까지 모아 불을 지피는데
내 안에 사는 퇴화된 닭이 날개를 턴다

큰할머니의 죽음에 대해 생각함
— 아들을 못 본 할아버지께선 새장가를 드셨다

참빗으로 여는 아침
안개 같은 백발 위에 매일 똑같은 길을 냈고
가르마 옆 검버섯은 무성하기만 했다

질경이씨나 잔디씨를 훑으러 간 오후
광목자루 매달린 빈 방은 큰
관(棺)이었다 한 발 내딛으면
돌이킬 수 없는 죽음의 수렁
허물처럼 벗어놓은 옷가지들이 허우적거리고,
눅눅한 이불 위엔
까막눈 큰할머니의 자랑거리로
내 통지표가 놓여 있었다
날것의 껍질을 지키는 거미줄처럼

큰할머니가 돌아가신 새벽, 할머니는
학교길 산소말랭이까지 바래다주었다
달음질쳐도 따라오던 곡소리

여문 벼이삭에서 떨어지던 찬 이슬이
신발에 고여 울음소릴 냈다

텅 빈 운동장을 돌아 교실에 들어갔을 때
큰할머니의 관(棺) 속엔 책상이 많았다
아침 자율학습 문제가 축문처럼 씌어져 있고
복도 끝 숙직 선생님의 슬리퍼 소리가
무섭게 울렸다, 사물함에 숨은 채
출석 부를 때까지
큰할머니의 무덤 속에서 처음으로
숨쉬는 법(法)을 배웠다

李氏家의 향나무 둥치

대물림으로 먼지 먹어온
덥수룩한 향나무 둥치

할아버지는 그놈을 깎아서 증조부께 제를 올렸고
아버지는 그놈을 깎아서 조부께 첨작 올렸다
영영 양달에 누워 계셔야 할 아버지, 이제
내가 그놈을 다듬어 향 피워야 하는데
녀석이 어디로 갔나, 닭들 부스럭거리는 삼경

이 방 저 방 서랍을 뒤적거리다가
끝내 삭은 향나무연필을 깎는다
얼먹어 쉽사리 분질러지는 뼈마디
노간주나무 같던 인생에 몽당몽당 눈물 떨군다
칼날 튕기치던 고주배기, 죄스러이
연필토막과 부스러기를 한지에 묶는다

몽당연필은 할아버지의 이 빠진 쇠스랑을 모른다

돈으로 산 증조할아버지의 감찰대부부군을 알지 못
한다
연필 끄트머리 쥐불알만한 지우개는
지우기도 전에 희미해질 기억들 벌써 눈치채고
이빨 자국 깊다, 잠 설치는 새벽녘
옹이 하나 가슴에 걸려 자꾸 쿨럭거린다

마을 안 제사 거진 기억하던
나이 거나한 향나무 둥치를 잃어버렸다
말로나 대물림되다가 흔적도 없이 지워질
슬픈 李氏家의 뿌리

해열제

그대 보고 싶을수록

늪이 생각납니다

늘 젖어 있는 뿌리

비늘마다 물이끼 푸르른 물고기들

지느러미를 세운 채 알을 낳고

넓은 이파리 위론

배때기 하얀 개구리가

깜짝 뒷다리를 감추는 여름 오후,

하늘 한 자락

콱 베어물고 우거지는 늪

깊은 가슴을 생각합니다

내 마음속,

악어의 이마가 펄펄 끓습니다

해송

—전국 노동자대회에 부침

1

인산인해다

2

인산이라 함이 어찌
산처럼 모인 사람만을 뜻하랴
투구 쓴 솔잎혹파리 몇 겹으로 조여와도
청솔 같은 눈초리 시퍼런 외침들이여
황토 언덕이나 바위 계곡의 소나무들 여기 모였다
굳게 쥔 두 주먹 사이로 엉겨붙는 분노의 송진들
끝내 어둠을 물리칠 관솔불이여
하늘마저 뒤덮을 송홧가루여

3

인해라 함이 어찌
바다처럼 모여드는 사람만을 의미하랴
낮날이나 멍키 스패너로 물결치는 파도
섬만한 걱정들을 지고 온 바다가
바위에 부딪혀 사발꽃으로 피어나듯
우리의 땀과 눈물도
겨드랑이며 등허리에 소금꽃으로 벙근다
슬픔의 인쇄물이며 머리띠
군데군데 무덤으로 쌓아놓고
우리는 불을 당긴다
잘 가거라 치솟는 검은 새들아

4

연장이나 공구를 잘 손질해둬야 하듯
하늘에 박은 우리들의 주먹을
제각기 호주머니에 찔러넣지만
우리들 다시 자갈 언덕이나
걱정의 섬으로 되돌아가지만
보아라 우리는 거대한 산이다
살아 꿈틀대는 바다다
가슴이며 어깨마다
상처 아문 열매 주절주절 열릴 것이요
싱싱한 비늘로 척추 바로 세우리니
투구 뒤에 숨은 솔잎혹파리여
방패를 타고 쇠파이프로 노 젓는
어리석은 사공이여 부디 안녕하라

5부

황새울

창끝은 날카롭다
그러나 반대편 손잡이에는
부드러운 가죽을 씌운다

창끝은 단조롭다
그러나 손잡이 끝에는
오색 매듭을 매단다

그리하여 죄는 늘
피 묻은 창끝의 몫이고
사람들은 방패 같은 얼굴을
딸랑거리며 웃는다

황새울

허리를 펴면
덩달아 일어서는 앞산
지팡이 딛는 곳마다 콩을 심었으면
온통 콩밭이 되었을 마을
일하지 않으면 외려 병이 도진다는
그가 오늘은 두둑콩을 깐다
마루턱에 앉은 그의 알무릎이
햇살에 눈부시다
동부 같은 팔순의 속살
콩 한 소쿠리 토방에 널 때
멀고먼 저켠에서 내려온 햇살이
드디어 일거리를 만난다
빛나는 콩의 이마,
맨땅에 엎드러지는 햇살은 얼마나 민망한가
마른 개밥그릇 당겨 물을 담아주고
꼬리 흔드는 누렁이를 본 듯 못본 듯
다시 콩을 깐다

헐렁한 막버스가 지나가고
고추잠자리들 심심하게 놀다 잠든 마을
불빛을 흔들며 할머니가 콩을 깐다

늙을수록 그림자는 둥그러진다

황새울

제초제를 뿌린다
농작물도 풀 가운데 하나임을
혀를 차며 상한 곡식을 쓰다듬는다
도열병과 문고병 위에도 약을 친다
몹쓸 나방이나 버러지와 함께
배를 내미는 개구리 미꾸라지
덤으로 죽게 된 목숨들아 미안하다
마른갈이 목젖 속으로 설탕물을 들이밀며
노랗게 헛구역질하다보면
우리도 수많은 풀 가운데 하나거나
투명한 날개로 날아오르고픈
방아깨비나 다름없는 것을,
맑은 물 거슬러오르며
입심 좋게 살아가고 싶은
피라미나 송사리떼라는 것을,
비틀거리는 들녘을 헛손질하며
부황 난 서녘 하늘을 바라본다

제초제 맞은 이파리처럼

뒷산 소새고랑이 검게 타들어간다

황새울

부드러운 것은 위험하다

싱싱한 피를 훔치기 위해
거머리는 너울너울 춤을 춘다

물보다도 부드러운 몸짓과
향그러운 입술로 살갗을 뚫는다

구석구석 피 채워
음흉한 웃음 둥그레지면
입술은 배꼽이 되어
물결 잔잔한 풀섶으로 굴러간다

송사리처럼 떼지어
물살 거세게 헤쳐나갈 때
세상 둥글둥글 살아라
곤달기똥 같은 배를 튕기고 있다

대꼬챙이로 뒤집어

오뉴월 햇살에 말려버릴 때까지

부드러운 춤, 부드러운 입술 위험하다

황새울

논 가운데나 밭고랑에 서서
보습날이나 분지르고
두둑이나 두렁에 물러나서도
바지게 툭툭 건드리는 전봇대,
미안한 마음에 목 가까이 전선을 조여보지만
물방울만 후두둑 떨어지고
지친 날개 움직여 새들 날아간다
바쁜 일들 들녘에 놓아둔 채
어둑어둑 무거워지는 들판
그제서야 전봇대는 마음이 가벼워진다
씻나락 묶여 있는 처마 아래
백열등이 빛나고, 늙은 내외
늦은 저녁상에 마주 앉을 때
전봇대 작은 구멍에도
어미새가 돌아오는 것이다

황새울

일 좀 거든답시고
공휴일이나 연휴 때에는
간혹 자가용이 들어온다
덩치는 장정이지만 손발이 서툴러
노인네 반품밖에 되지 않는데
신경통도 잊은 채 한나절 넘게 머위를 다듬고
햇마늘을 캐고 고춧가루며 된장까지
반찬 될 만한 것을 봉다리에 묶는다
품은 메도 이런 게 사는 재미라며
온 정성을 담아 트렁크에 쟁인다
차 막힐라 서둘러 보내놓고
일손도 잡지 못하는 마음,
아홉시 뉴스도 끝나가는데
됫박마저 꺼낸 빈 자루처럼
전화기 옆에 한숨으로 앉아 있다

황새울

종산마저 없으면

밭머리를 자르거나

둑을 넓혀 무덤을 쓴다

밭이 가까워

바랭이풀이며 쑥부쟁이 무성하다

밭 맬 때마다

함께 돌봐야 하는 묏자리

그래도 이만한 공터가 쉬운 일인가

참을 먹기도 하고 참깻대도 말린다

방아깨비 튀어오르면

우수수 쏟아지는 깨

떠나기 전, 그의 몫이었던 기쁨이

양달 몇 평에 하얗다

황새울

바닥을 기는 것들은
대충 살아가는 것이 없다

기어코 다시 돌아와
밥상머리에 내려앉는 파리

이름 모를 풀이나 잔디
마디마디 근질거리는 뿌리여

비웃음으로 바라본다면 그대는
파리보다도 호박넝쿨보다도
밥을 향하여, 목숨을 향하여
비실비실 살아가는 놈이다

바닥을 사랑하는 것은
밥을 사랑한다는 것이다

황새울

홀로 사시는 미야할머니
너른 안마당엔
흰 고무신 볼 너비로
길이 나 있다

안방마루에서 토방으로
토방에서 쪽문으로
그리고, 흐릿하게 뒷간으로
명줄처럼 길이 나 있다

마당 가득한 물이끼 벗기고
부엌으로 들어간 저 길
어두운 안방으로 들어간 저,
길을 뒤뜰 장독대를 지나
어디로 이어질까

소새고랑 깊은 골

대낮을 혼자 울리는 새

황새울

담배밭 고랑과 텃밭 구석에

같은 날 씨를 뿌렸어도

모두 달리 커오르는 들깨 모종

굵직한 놈만 골라

도로확장에 잘린 자투리 생땅에 옮겨심는다

뿌리를 또아리처럼 웅크려

똑같은 깊이로 식구를 만들어준다

어깨를 부비며 나란히 출렁이는

새 깨밭에 서면

보인다 하얀 꽃이 피고

꿀벌 윙윙거릴 나라

무서리에 까맣게 타버리기 전

가만가만 베어 털고 키질해놓으면

똘망똘망 깨알에 놀라

나 살려라 도망치는 벌레들까지,

빈 소주병에 넣어 다락방에 세워둘

어둠 속 떨리는 내 손끝

보인다 털린 깻다발처럼

장터를 빠져나오는 처진 어깨도,

걱정 한 평 덮고

바라보는 푸른 들판

나는 갓 팬 벼이삭처럼

가슴이 띈다

황새울

네가 쓰던 방을 치우다가
고등학교 졸업식 때 찍은
벽걸이 사진을 보는구나, 달랑
졸업장만 들고 서 있는 어깨 위에
눈덩이 같은 밀가루며
구두약 덕지덕지한 얼굴을 만져보는구나
에미를 바라보며 너는 웃고만 있는데
나는 왜 이렇게 멍하다냐
후딱 창호지 바르고
국화 이파리도 붙여야 할 텐데
햇마늘이며 마른고추 사료포대에 담아놓고
며느리 부끄럽잖게 부엌도 치워야 하는데
에미가 왜 이런다냐
시커먼 네 얼굴 위에 눈물이나 떨구며
애야, 뽀애지려고 명절 전엔
특근도 안 한다며
올해엔 늙은이 일손 줄여주려고 그런지

거둬들일 곡식도 많질 않구나

진작부터 찬바람 불어

추석인 듯 보고 싶었는데

왜 자꾸 가슴이 찡하다냐

싸게 문종이 바르고

쓰러진 벼포기 세우러 가야 할 텐데,

빈손으로 와도 괜찮으니까

쓸데없이 백화점에 가서

자석목걸이 만지작거리며

서성대지 말고

황새울

추수를 마친 논바닥에
쇠똥범벅을 해놓으면
미꾸리란 놈들 거기서
배 두드리며 겨울을 난다

가곡저수지 옆 호두나뭇집은
미꾸리 튀김이 별미다
간수를 넣은 후에 풀어놓으면
두부 속으로 파고들어 죽어가는 것이다
그 두부를 튀겨 안주 삼는 맛이라니

머리밑이나 귓바퀴에 붙은 쇠딱지
눈이나 콧구멍에 껴 있는 순두부,
누가 우리들의 살진 봄을 훔치고 있는가
수렁에 빠져 눈 못 뜨는 우리에게

누가 얼음을 덮는가, 누가

장작불을 지피는가

황새울

사랑채에 불 들이지 않으니
제비집도 기울고 방고래도 가라앉는다
그래도 추녀 밑 햇마늘 예닐곱 접이
집 한 채를 주춧돌에 눌러놓는다

무성한 칡넝쿨 아래
스러지는 무덤들

황새울

차가운 겨울 공사장에서

스티로폼을 옮긴다

부드럽고 포근한 이 느낌

시멘트와 철근 틈에서

스티로폼만이 부드런 살결이다

그러나 덩치 큰 이놈을 나르다보면

삶을 흔드는 것이 무게만이 아니라

작은 바람에도 기우뚱거리는

나약한 균형임을 돌아본다

널판지에 앉아 국밥을 먹으며

눈 녹아드는 따뜻한 마을을 생각한다

후룩후룩 국물까지 마시며

초롱산 너머 구름을 바라본다

황새울

　노간주나무 묵은 옹이를 다듬어 코뚜레를 만든다. 덜 깎여나간 거스러미가 나이만큼 단단한 신경을 건드린다. 팔뚝의 힘줄이 솟고 나무의 근육이 튄다. 부지깽이만한 놈에게 질 수 없어 발허리가 화끈거린다. 물음표 열린 구멍까지 당겨서 묶는다. 소라고는 늙다리 한 마리뿐이건만 코뚜레를 준비하기가 쉬워서만은 아니다. 지게 받쳐놓고 내려다보는 게딱지 같은 마을 소울음만이 듬직하다. 두어 달 후면 송아지를 보는데 코뚜레 채우기 전 돈구멍 막는 것이 먼저라. 까짓 영농자금에 축사 지으면 비육우에 코뚜레 채울 일 없건만, 눈치 빠른 늙은 소 껌벅껌벅 방울을 흔드는데, 늘상 새 코뚜레는 때 절은 가난에 고삐를 묶고 흙집 한 채 못 부수고.

황새울

뒤뜰에 가면
무거운 침묵으로 항아리가 있고
힘이란 것이 저런 거야
뚜껑을 열면 반쯤 젖은 돌 하나
그 젖은 얼굴, 아니면
물끄러미 내려보는 겨울 낮달,
갈수록 돌절구처럼 말씀 없으신 아버지

황새울

마늘 껍질 수북한 두엄무데기

백수광부의 머리칼로 김이 엉킨다

겨울이라 펑펑 쏟아지는 걱정들

늙은이만 남은 문간에 우체부는 무엇을 던지고 가는가

고지서만큼이나 자주 날아오는 부고며

보험카드 빈 칸 가득 삭은 뼈마디들

담으로 쌓인 한숨은 추위에 떨다

내 굽은 척추로 쓰러지고

미루고 미뤄왔던 돈구멍마다

바람 세찬 겨울

놀 수만은 없는 일이라고

확성기 큰 도매상인의 마늘을 뗀다

제 살 뜯어먹는 줄 뻔히 알면서

며느리가 사온 대만산 바나나를 씹듯

쓴맛 삼키며 마늘 껍질을 벗긴다

독성 때문인지, 싹 나지 마라 약을 쳤는지

홀홀 벗겨지는 갑각질의 손바닥

마늘 껍질 수북한 두엄무데기에선
일당 삼천원꼴의 김이 노엽게 엉킨다
녀석도 썩으면 거름이 될까
수입 옥수수 되새겨 내갈긴 쇠똥
사이사이 마늘 껍데기가 섞인다
되레 허물이 벗겨질 논밭
푸석푸석 싹수머리가 없다

황새울

벽장문을 열면
기다린 듯 찬바람이 내려온다
창문 하나로 숨쉬던 벽장이
큰 입을 벌리면 내 몸은 작아진다
마을창고에 들어갔을 때처럼 숨소리만 커진다
구석구석 거미줄은
산비탈까지 논밭을 일구고 사는
우리를 많이도 닮았다
해묵은 복조리가 있고
농민신문과 반상회보 위에
마른 쥐똥이 앉아 있다
반쯤 비워진 소주 됫병
김이 빠진 나머지로 아직
반쯤은 취할 수 있을까
마른 고구마 물린 쥐덫 옆으로
오래된 책과 약병이 있고
눈금 좋은 저울도 걸려 있다

죽순 같은 소주병마다 그득한 씨앗들
벽장 속에는 빛나는 눈초리 살아 있다
아구가 작은 답답한 방,
덜컥 벽장문을 열고 고갤 디밀면
너무 커서 보이지 않았던 어둠을 만나고
내 손아귀에 문고리가 있음을 안다

황새울

혼자만의 삽질이 즐거울 리 있겠나
갈비뼈에 부딪는 쇳소리로
자꾸만 작아지지
그러나 여럿이 울리는
흥겨운 삽질은 말이야
산을 옮기고 푸른 나무를 쟁이는 게야
실뿌리까지 적시고 돌아온 아랫목
찬밥덩이나마 물리자마자
정신없어라 초저녁 깊은 잠

황새울

손발 잘 맞는 꾼과
삽날 한 번 부딪지 않으며
시멘트를 비비다보면
하, 이런 게 찰떡궁합인데
장가 못 간 우리들
아는지 모르는지
우뚝 선 철근
질퍽질퍽 젖어들데

황새울

집이 무너졌는데도
아무도 다치지 않았다
대들보와 서까래가 부러지며
기왓장만 쏟아졌을 뿐,
못질 되어 갇혀 있던 어둠과
거미줄에 말려 있던 슬픔이
화들짝 놀라 하늘에 오르고 있었다
백 년도 넘게 마른 흙이
나도 뿌리를 안을 수 있겠지
주인 잃은 가풍의 멱살을 흔들고 있었다
방고래를 뚫고 나와
동남쪽 미닫이문으로 머릴 디밀고 있던
대나무의 척추가 완강하게 꺾였을 뿐
사람이 살지 않는 집 한 채
언덕을 이루기까지
아무도 다치지 않았다

황새울

죽었다는 말은 식었다는 것이다. 꿈과 사랑이 그렇고
우리들 생명이 그렇다. 땔감과 무관한 산은 이제 무덤이
주인이지만, 자기 때문에 구멍난 산과 하늘이 민망하여
스러지는 가슴 위에 나무를 키운다. 쓸모없어진 마당과
토방에 아무 나무나 커오르듯, 식어버린 마을에는 풀과
나무가 주인이다.

갑각질의 운명을 등에 진 늙은 농게들 썰물의 들판을
걸어나온다. 그중 젊다는 마흔 살이 지게를 건네받는다.
상여집 양철지붕이 잠시 뜨끈뜨끈하다.

황새울

우리집 바깥마당에는
마을창고가 들어섰고
향숙이네 마당에는 축사가 지어졌다
자식들 모두 서울로 올려보내고
홀로 사시는 미야할먼네 바깥마당은
강낭콩이나 아욱을 심는 텃밭이 되었다
논바닥에서 탈곡해버리니
타작마당에 비닐하우스를 세우든지
경운기 넣을 창고를 짓는다
이제 대문을 열어도
앞산 이마가 성큼 다가서지 않는다
아이들은 중학생까지 통틀어 너댓
두어 명씩 편을 나누어 장구배미에서 공을 찬다
이제 불알친구들의 나이 차이는
열 살도 넘는다. 놀이마당이 변변치 않으니
정월 보름이라 둘러앉은 노인네들
윷놀이마저 텃밭이나 길목에서 펼쳐진다

담배내기 소주사발이나 돌리는
신명 잃은 검버섯의 곱추새들
몇 마리가 이승을 향해
가오리연처럼 흔들린다

미시적 관찰과 거시적 통찰

오민석(문학평론가)

1

이정록이라는 이름을 거명하면, 나는 대번에 두 단어가 떠오른다. 그것은 '촌놈'과 '부지런함'이라는 것인데, 촌놈치고 부지런하지 않은 사람이 거의 없기 때문일까. 어쨌든 이 두 단어 사이에는 거의 생래적이라 할 친화성이 내재되어 있다. 『한길문학』을 계기로 내가 서울 신사동 부근의 한 술집에서 그를 만난 지도 벌써 사 년여가 되어가는 것 같다. 선생이라는 직함에 잘 어울리지 않게 그는, 적어도 외모상으로는, 매우 드세 보였으며 (그는 '씩씩거리며' 술을 퍼마시고 있었다), 서울에 올라온 지 채 하루가 되기도 전에 벌써 서울이라는 곳에 넌

더리를 내고(아니, 힘들어하고) 있는 것 같았다. 아, 그때 그 불만투성이의, 술기운과 땀으로 번질번질하던 그의 얼굴이라니. 서울에서 밥 벌어먹고 애들 키우며 잘(?) 살고 있던 나와 그 자리의 글벗들이, 그야말로 '지은 죄도 없이' 쩔쩔매던 모습은 또한 얼마나 희극적이었던가.

그의 이런 성향들은 그의 첫 시집인 이 시집에서도 잘 드러나고 있는데, 그의 대부분의 시들은 자연에서 발견할 수 있는 매우 섬세한 이미지들의 포착과 배열에 등 기대고 있으며, 그의 거의 천성에 가까운 부지런함과 뚝심 또한 팔순의 나이에도 "일하지 않으면 외려 병이 도진다는" 그의 할머니의 그것과 크게 다르지 않다. 다만 그의 할머니가 "지팡이 딛는 곳마다 콩을 심었으면" 마을을 "온통 콩밭"(「황새울」)으로 만들었을 농군이었다면, 그는, 아마 쓰는 대로 다 써갔겠다면 온 마을을 시로 넘치게 했음이 틀림없을 매우 바지런한 시인이라고나 할까? 그의 이 부지런함은 그의 약력을 봐도 금방 드러난다. 남들은 한 곳에서 당선되기도 어려운데, 그는 사오 년 사이에 무려 두 곳의 일간지 신춘문예와 한 문예지의 신인상에 시를 당선시켰던 것이다. 게다가 그가 몸담고 있는 각종(?) 문학회나 동인 모임은 무려 다섯 곳이나 된다. 짐작건대 그가 이 첫 시집을 묶으면서 분량

상의 제한 때문에 버렸거나 아니면 아직 '꼬불쳐두고' 있는 시들의 양은 아마도 이 시집에 실린 시들의 몇 배는 될 것이다. 그는 정말이지 근면성실한 노력파이다. 제 목소리를 내기 위해 온갖 가학과 절망의 긴 수렁을 지나온 예(藝)의 명창들을 기억해보라. 그는 지금, 시로, 도(道) 닦고 있다.

2

이 시집의 서두를 장식하는 「서시」는 매우 의미심장하다.

　　마을이 가까울수록
　　나무는 흠집이 많다.

　　내 몸이 너무 성하다.

마을은 '사람들'이 사는 곳이다. 그곳에 가까울수록 나무가 흠집이 많다는 것은 바로 그 사람들 때문일 것이다. 이 진술은 너무나 당연한 사실의 지적이면서도 동시에 매우 재미있고 기발한 통찰이 아닐 수 없다. 게다가 그런 나무들에 비해, 그 마을에 사는, 같은 종족인, '내'가, "내 몸이 너무 성하다"라는 진술은 뼈아프다. 그의 성찰(비판)의 화살은 마을이 아니라 다름아닌 '자신'을 향해 있다. 이 시는 우리로 하여금 그의 시들이 매우 '사유적(思惟的)' 혹은 '사변적(思辨的)'일 것이라는 예상을 하게 해준다. 물론 이 사변성은 그의 시가 갖는 여러 특징들 중의 하나에 불과하지만, 그중에서도 매우 중요한 특성임에 분명하다.

재미있는 것은, 그의 사변이 간접적이며 거의 항상 어떤 사물(많은 경우 자연물)들을 매개로 하고 있다는 것이다. 내가 앞에서 그가 지금 "시로, 도(道) 닦고 있다"고 말하였거니와, 도 혹은 진리, 성찰의 영역에 도달하고자 하는 그의 의도는 관념적인 내용의 직접적 진술에 의존하는 것이 아니라, 항상 '사물'이라는 우회로를 경유하여 이루어지고 있다. 이같은 간접적·매개적 성찰이 바로 그의 '사유'의 형식을 결정하는데, 「탱자나무의 말」 같은 시는 아마도 그 좋은 예가 될 것이다.

가진 것도 없는 것이
가시만 날카롭다 말하지 말아요

알통 굵은 내 뿌리 근처

하얗게 쌓인 새똥무더기를 보아요

심장 뜨거운 단단한 새들

털끝 하나 흩뜨리지 않아요

그대에겐 시고 떫은

탱자에 지나지 않겠지만

헛된 욕심만 끌안고 사는 그대에겐

가시울타리에 지나지 않겠지만

그대가 알겠어요 가슴 가득

자유의 새떼를 품는 뜻

피고름 그득한 세상을 향해

열매보다도 가시를 키우는 큰 뜻

　여기에서 이 시의 화자는 "가슴 가득/자유의 새떼를"
품으면서도 그 새들의 "털끝 하나 흩뜨리지 않"는, 그러
나 "피고름 그득한 세상을 향해/열매보다도 가시를 키
우는" 간단하지 않으면서도 큰 사랑을 꿈꾸고 있는데,
이 열망은 '탱자나무'라는 자연물을 빌려(매개로 하여)
서술되고 있다.

　「버림에 대하여」와 같은 시에서도 사정은 마찬가지이
다. 이 시는 버려야 할 것을 과감하게 "툭툭 분지르고 털

어버리는" "텃산 소나무숲"을 매개로 하여, 과도한 소유
욕 때문에 정작 버려야 할 것조차 버리지 못하는 "우리
들 세상살이"의 어리석음에 대하여 언질하고 있다.

> 개구리 소리 실한 두렁을 건너
> 앞산에 들어서니 이제서야 들린다
> 오래된 가지를 꺾으며 새순이 트는 소리
> 삭정이를 떨군 자리마다 둥우리를 튼 문양이며
> 굴뚝 하나로 하늘에 오르는 작은 마을이 보인다
> 썩어 거름이 되어야 할 것과
> 찬 새벽 군불로 타올라야 할 것들
> 툭툭 분지르고 털어버리는
> 여기 텃산 소나무숲에 서니
> 솔방울 하나 흘리지 않으려는
> 우리들 세상살이도 보인다
> 파란 하늘 나누어 이고
> 즐겁게 어깨를 부딪치는 나무들
> 발등 위로 삭정이가 쏟아진다

마지막 행에서 화자의 "발등 위로" 마구 쏟아지는 "삭
정이"들은, 소유할 줄만 알았지 (그 지나친 소유욕 때문

에) 마땅히 버려야 할 것조차 버리지 못하는, "솔방울 하나 흘리지 않으려는/우리들"(솔방울은 과감하게 버려져야만, 새 생명으로 "새순" 돋는 것이 아닌가)의 어리석음에 대해, "텃산 소나무숲"이라는 자연물이 퍼붓는 질책의 화살들에 다름아닌 것이다.

특정한 사물이나 자연물을 빌려 혹은 빗대어 '자기 자신'이나 '우리들'에 대한 색다른 인식을 유도해내는 방식은 이 외에도 이 시집의 여러 곳에서 발견되는데, 대충 보아도 「나무 한 그루」「사과밭으로」「담금질」「참나무」(1부), 「오래된 풍선」「용수철」「염소」「고물상」「멸치」(2부), 「새」「철로는 목이 마르다 1」「철로는 목이 마르다 2」「말뚝」「쑥」「감자꽃이 피기 전에 북을 돋위주세요」(3부), 「은사시나무」「아버지가 박아준 못」「아주까리」「매미」(4부) 등이 그러하다. 이 시들의 제목에도 등장하는 이같은 여러 물상들이, 다름아닌 인간의 이야기를 전달하기 위해 인위적으로 매개될 때, 의인법이 자주 사용되고 화자의 시점(視點)이 시인 / 물상 사이를 빈번히 왕복운동하는 것은 너무나도 당연한 이치일 것이다.

사물이나 자연물들을 매개로 하는 이런 방식이 아무래도 가장 적게 발견되는 곳은, 「황새울」이라는 동일 제목의, 가장 많은 시들이 운집해 있는 5부일 것이다. 황새

울이라는 고유명사는, 이 연작시들을 통해 그리고 「自
序」의 말미를 통해 우리가 알 수 있듯이, 시인 이정록의
'생활'의 근거지를 지칭한다. 그만큼 「황새울」 연작은
경험의 '직접성'이라는 문제와 연관되어 있고, 따라서
창작과정상, 인위적 매개물들을 상정할 필요가 상대적
으로 덜할 수밖에 없었을 것이다. 5부의 작품들이 1, 2,
3, 4부에 비하여 상대적으로 일관된 논조와 정서를 연출
하고 있는 것도 바로 이런 이유에서인 것이다.

3

그의 시들이 갖는 또하나의 특성은, 그의 시들이 어찌
보면 매우 '미시적'이라고 할 정도의 섬세한 관찰에 토
대하고 있다는 것인데, 역설적인 것은 그가 이 현미경적
관찰들을 통해, 오히려 세계에 대해, '거시적'일 뿐만 아
니라 매우 본질적인 통찰에 종종 성공하고 있다는 것이
다. 가령 「사과밭으로」라는 시에서, 새가 잘 익은 사과를
쪼아먹는 장면에 대한 다음의 묘사를 보라.

아직은 단풍 들지 않은 이파리 밖으로

볼화장이 너무 짙은 사과

가장 맛깔스러운 볼에

부리를 세워 입맞춤한다, 순간

새콤한 과즙이

가을하늘로 꽉 찬 눈동자를 적신다

쌍꺼풀이 감기며 깃을 터는 새

"새콤한 과즙이／가을하늘로 꽉 찬" 새의 "눈동자를" 적시고, 그 새의 "쌍꺼풀이 감기며" 새가 "깃을 터는" 장면에 대한, 이 '순간' 포착은 그 자체만으로도 얼마나 아름다운가. '생명의 환희'라고나 할 수 있을 이 축제의 순간은, 곧이어 "사랑하는 그대, 가슴속／사과밭으로 날아가는 나"라는 대목으로 이어짐으로써, 새의 그것에서 화자의 그것으로 자연스럽게 전이된다.

『동아일보』 신춘문예 당선작인 「穴居時代」를 보면, 다음과 같은 구절을 발견할 수 있다.

PVC 파이프 대리점 옥상엔

수많은 관들이 층층을 이루고 있다

아직은 자유로운 입으로 휘파람 불고

둥우리를 튼 새들 관악기를 분다

아귀에 걸린 지푸라기나 보온덮개 쪼가리가
빌딩 너머 먼 들녘을 향해 흔들린다
때론 도둑고양이가 올라와
피 묻은 깃털만 남기고 가는
문명과 원시의 옥상으로
통이 큰 주인아줌마가 사다리를 타고 오른다

두번째 행의 "관"은, 말 그대로 PVC 관(管)이면서 새들의 집(둥우리)이다. 그리하여 새들이 그 안에서 우는 소리는 "관악기"를 부는 소리처럼 평화로울 수 있다. 그러나 "때론 도둑고양이가 올라와/피 묻은 깃털만 남기고" 간다는 표현은, 어찌 보면 매우 일상적이고, 한가로워 보이는 이곳, "PVC 파이프 대리점 옥상"에서조차, 삶/죽음의 냉혹한 현실이 어김없이 관철되고 있다는 사실을 우리에게 새삼스레 주지시키고 있으며, 그리하여 앞의 "관"은 PVC '관(管)'이자, 새들의 주거지이며 동시에 새의 무덤인 '관(棺)'의 복합적 의미를 갖게 되는 것이다. 삶이란 만성적인 죽음을 의미하거나, 아니면 삶과 죽음은 전혀 별개의 것이 아니며 따라서 삶은 오히려 죽음과의 관계 속에서만 유의미하다고나 할까. 어쨌든 "관"이라는 단어가 갖는 이같은 복합성을 고려할 때, 이 단어를 한자가 아닌 한글로 표기한 것은 매우 적절한 것이 아닐 수 없다. 더구나 5행의 "아귀"라는 단어가 표면적으로는 PVC 관(管)들의 갈라진 틈을 의미하면서, 내재적으로는 바로 아귀다툼의 '아귀(餓鬼)', 즉 '몸이 앙상하게 마르고 목구멍이 바늘구멍 같아서 먹지 못하고 늘 굶주리는, 죄를 지어 지옥에 빠진 귀신'을 함축할 수도 있다고 할 때, 우리는 위 시의 전체적 분위기가 얼마나 섬세한 배려에 의해 꾸려지고 있는지 알 수 있다. 새/고양이 사이의 "피 묻은" 대립구도 위로 "통이 큰 주인 아줌마가 사다리를 타고" 등장하는 장면 또한 매우 시사적이다.

아마도 그 역시 삶/죽음 사이의 이 냉혹한 장에서 별로 자유스럽지 못할 것이다. 그리하여 우리들 삶(생명)의 물질적 근거인 우리들의 '몸'은 동시에 그 삶(생명)을 갉아먹는 "벌레들의 집"인 것이며(아, 우리의 죽음이 그들에게는 생명이다, 보약이다), 이같은 '자연의 거시적 원리'의 인식에 도달한 자에게 그 "벌레들의 집은 참 아늑"할 수밖에 없다.

코를 풀고 눈곱을 떼내며 아침마다
우리는 벌레의 집을 청소한다

그들의 방으로 채널을 돌리고 보약을 넣고
벌레들의 집은 참 아늑하다

　　　　　　　　　　　—「穴居時代」 중에서

　이 아늑함은, 체념인가, 눈부신 성찰인가? 그가 미세
한 부분의 순간포착을 통해 삶에 대한 예의 통찰에 성공
하고 있는 곳은 이 외에도 많이 있다. 가령 「멸치」라는
시의 다음과 같은 대목을 보라.

　가장 굵은 등뼈 아래 똥이 반이다
　가느다란 갈비뼈로 울타리까지 치고
　똥덩이 묵직할수록 땀차게
　흔들어야 하는 불쌍한 꼬리

　껍질뿐인 멸치의 머리
　(……)
　모든 식도(食道)는 가련하게도 머리를 달고 있다

　모든 식도가 머리를 달고 있다는 사실은 왜 '가련한
가'? 그것은 그 머리가 오로지 먹고사는 문제만을 위해
가동되는 "껍질뿐"의 머리이기 때문이며, 먹고살기 위해

서 평생 잔머리(대가리)를 굴리지 않으면 안 되는 불행한 현실 속의 머리이기 때문일 것이다. 가장 굵은 등뼈 아래 "똥이 반"인 것은 멸치뿐일까? "똥덩이 묵직할수록"(먹고사는 문제가 위중할수록) "땀차게" 꼬리를 흔들어야 하는 것은, 그래서 가련한 것은 멸치뿐일까? 누군가 혹은 무엇인가에 잡혀서, 욕망의 펄펄 끓는 무쇠솥에 빠진 채, "솥 가로 몰리며 솟구치며" "바다에" "다시 바다에 가고 싶다"고 죽음으로 외치는 자는 멸치뿐일까? "껍질뿐인 머리와/가슴 가득한 똥"(「멸치」)을 가지고 하루하루를 살아가는 것은 오로지 멸치뿐일까? 하찮은 (?) 멸치 한 마리에서 이같은 통찰과 질문을 엮어낼 수 있는 것이야말로 바로 시의 힘이 아니고 무엇이겠는가.

4

마지막으로 그의 시에 대하여 우리가 말해야 할 것은, 그가 자신과 자신의 가족들을 중심으로 한, 소시민적 생활의 여러 애환들에 대해서도 상당 부분 지면을 할애하고 있다는 것이다.

식 올린 지 이 년 삼 개월 만에 결혼 패물을 팔러 나가는 부부의 이야기라든가(「보석달」), 새로 이사한 집의 "벽지가 너무 환해서" "장판 긁히지 않게 마음 졸이며" "화창한" 며칠을 보냈으나, 곧 장마가 시작되어 그 꽃무늬 벽지가 젖고, 곰팡이가 슨 가운데, "아내와 팔베개하고 누워/마음속 꽃무늬 벽지"를 얘기하는 장면(「물 이야기」) 등은 쓸쓸하면서도 아름답다. 더구나 「물 이야기」에서 부부가 그렇게 누워, "젖어 있는 귀퉁이와 긁힌 장판을,/홀로 사시는 어머님의 가슴팍과/자궁벽 헐은 꽃무늬 슬픔을" 얘기하고 있을 때 "천둥번개 내리치며/시든 꽃무늬"가 "다시 젖어"들고, 그 순간 전화벨이 울리며, 어머니가 "애들아 별일 없지?"라고 묻는 대목은 매우 극적이기까지 하다.

그러나 이같은 '쓸쓸한 아름다움'은 다른 시편들에 이르면 매우 비극적인 정서로 치닫기도 하는데, 앞에서 우리가 자세히 읽었던 「멸치」가 그러하며, 「염소」와 같은 시도 마찬가지이다. 고삐(혹은 말뚝)에 묶인 채, "작은 발굽을 부지런히 움직여/수렁의 숨가쁜 길을" 내는 염소와 말뚝 사이에 "더이상/푸르른 꿈이 자라지 않는다"는 사실과, "팽팽하게 당겨" "길을 내보지만/작업장이나 사무실 곳곳/허리 꺾인 잡풀들/진물 흐르는 딱지를 떼내고 있다"는 사실 사이의 등치와, 이 등치를

창 밖이 너무 울창해서

숲 밖에 있는 아내와 아이들은

아버지의 말뚝이 보이지 않는다

늙은 염소의 딱딱한 무릎과

주름을 덮고 있는 목사리,

핏대 선 고삐가

라는 전언으로 발전시키는 화자에게, 가난은, 입에 풀칠하는 일은, 더이상 아름다움으로 다가오지 않는다. 그것은 화자로 하여금, 이삿짐을 싸다가 "먼지 켜켜한 장롱 뒤에"서 발견한, "더이상 납작해지지"도, "터지지도 작아지지도 않는" "주둥이가 꽉 묶인" 풍선과 자신을 동일시하게 만드는 것으로서, 화자의 꿈을 빼앗고, "쥐도 새도 모르는 울음으로 시들"(「오래된 풍선」)게 하는 비극의 계기들인 것이다.

이 외에도 이 시집의 전체적인 모양을 형성하는 데 기여하고 있는 것은, 그가 알게 모르게 사회·역사적인 현실과 끊임없이 교감하고 있다는 사실과(「해송」「쑥」「철로는 목이 마르다 1」「철로는 목이 마르다 2」 등), 5부의 「황새울」 연작 23편이 보여주는바, 직접 경험의 농촌생

활의 여러 일화들에서 보여주는 성찰들이다. 특히 「철로는 목이 마르다 2」에서 "진보란 자갈들의 깨진 이마와/버팀목들의 뼈마디에 깊은 골로 패어 있다" "후진하는 기차의 바퀴까지 쫓아가/힘을 모아주는 자갈처럼/아직은 목이 마른 기적 소리로/우리의 땀은 짜고 뜨겁다"와 같은 구절들과, 「황새울」 연작에서 우리가 드문드문 건져낼 수 있는 다음과 같은 잠언들은 그가 여러 사변적 성찰에도 불구하고, 구체적인 사회·역사적 현실과 골깊은 연대의 길에 들어서 있다는 사실을 우리에게 확인시켜주는 것이다.

> 늙을수록 그림자는 둥그러진다
>
> —「황새울」(111쪽)

> 부드러운 것은 위험하다
> (……)
> 부드러운 춤, 부드러운 입술 위험하다
>
> —「황새울」(114~115쪽)

> 바닥을 사랑하는 것은 / 밥을 사랑한다는 것이다
>
> —「황새울」(119쪽)

(……)여럿이 울리는 / 흥겨운 삽질

—「황새울」(136쪽)

갑각질의 운명을 등에 진 늙은 농게들 썰물의 들판을
걸어나온다

—「황새울」(139쪽)

이제 신인 아닌 신인 이정록의 첫 시집에 대한 우리의
독서를 끝낼 때가 되었다. 그의 첫 발걸음에 거는 사람
들의 기대가 자못 대단한 것 같다. 그의 표현대로 그의
꼼꼼함과 뚝심 아래서 "설움 많았을 돌피, 방동사니들"
인 이 시편들이 세상에 나가 새로운 독자들과 마음껏
"신나게 연애"(「自序」)하기를 비는 마음 간절하다.

詩人이라는 막대기가 詩라는 숲에게

이정록

1

땅바닥에 막대기 하나가 있다. 막대기라는 하나의 생이 있다. 이 막대기는 한 나무의 삶에서 떨어진 것이다. 새의 부리가 이 막대기를 물어올리면, 이 막대기는 한 집안을 세상에 내놓는 둥지가 될 것이다. 만약 벌레를 들이며 나무막대기가 썩어간다면, 썩음으로 집을 갖는 생이 되는 것이다.

집에서 나와 집으로 가는 것이 나무뿐인가. 존재는 언제나 집이고, 폐가도 집이다. 집터마저도, 집이었던 과거의 집이다. 까치 둥지로 날아가는 막대기에도 이미 방

을 들인 벌레들이 있으리라. 집은, 집에서 다시 집이 된
다. 그게 우주다.

　시인은 끊임없이 집을 삼키며, 집을 부수며, 폐허의
집터에서 한 채의 집을 복원하려 든다. 그러므로 시인이
여, 그대는 무허가 건축가다. 굴뚝으로 가는 방고래의
어둠, 그 그을음을 손으로 긁어 시를 쓰고 있는가. 그 어
둠의 문장과 자주 대면하는가. 그을음 떨어져나간 어둠
의 길로 쑥쑥 빨려들어가는 불길. 그 아랫목에 이불을
뒤집어쓰고 있는 밥그릇과 아랫목의 온기를 믿는가.
　집은 집을 삼키거나 내뱉으며, 새로운 집으로 거듭난
다. 거듭나는 일을 거듭 반복한다.

　오솔길을 걷던 한 시인이 막대기를 집어 제 눈에 가까
이 대는 순간, 막대기는 작은 제 그림자를 시인의 그림
자에 보내며 말을 건네온다. 자, 막대기다. 이 막대기가
서 있던 숲을 그릴 수 있겠는가.

　숲에 든다. 무덤이 끌고 들어온 길이 있다.
　모든 길은 무덤으로 간다.
　시인이나 시는 무덤하고 많이도 닮아 있다.

한 사람에게 무덤이 하나이듯 한 시인에게는 하나의 시적 터전을 갖는다. 평생 쓰는 모든 시와 시집은 전집으로 수렴된다. 한 사람의 생애가 무덤으로 수렴되듯, 그 무덤이 끝내 숲으로 흘러가듯, 시와 무덤은 소멸로 가는 통로에 존재한다. 서로 멀찍이 서서 무관한 듯 치를 떤다.

주검이 서서히 살을 버린 뒤 하얀 뼈로 남듯, 좋은 시는 흰 상아빛을 띤다. 좋은 시는 뼈처럼 단단하고 단순하다. 좋은 시는 뼈처럼 오래간다. 어둠 속에서도 빛이 난다. 식솔을 거느리고 있는 무덤에겐 무덤에 이르는 길이 있다. 살아 있는 시에도 가솔이 있다. 밥상이 있고 숟가락 부딪는 소리가 난다.

그러나 식솔은 영원하지 않다. 영원하다면 가짜다. 허울이다. 돌에 새긴 가짜 이름이다.
무덤의 최후는 숲이다.
시의 최후도 숲이다.

그러나, 나쁜 시는 머리카락을 닮아 있다. 나쁜 시는 흉내내기만 할 뿐, 회색이다. 玄妙(현묘)가 없다. 의미를 수습하려 하면, 엉켜버린다. 나쁜 시는, 나도 무덤 속 뼈처럼 오래간다고 바락바락 우긴다.

좋은 시인은 뼈로 가고자 한다. 단도직입을 건너 단순무식으로 간다. 나쁜 시인은 살로, 옷으로, 장식으로 가고자 한다. 복잡한 치장으로 간다. 요란한 유식으로 간다.

나여, 이제 단순무식으로 가자.
멀리서 숲을 보니, 나무 한 그루 같다.
새똥처럼 단순하고, 무덤처럼 둥글다.

2

좋은 시는 배산임수의 집과 닮아 있다.
집은 햇살 따뜻한 터에 주춧돌을 놓는다. 시는 집과 마찬가지로, 궁극적으로 밝은 창을 달고자 한다. 집은 숲과 가까워야 한다. 땔감 몇 짐 후딱 지고 내려올 수 있어야 한다. 간혹 짐승 한 마리를 밥상에 올릴 만한 거친 숲을 품고 있어야 한다. 뜰 앞에는 물고기 몇 마리 건져올 수 있는 냇물이 있어야 한다. 좋은 시는 거칠지만 힘

있는 밥상과 같아서 허기가 느껴진다.

차경(借景)까지 가면 더할나위없는 금상첨화겠지만, 안 되면 좋은 풍광을 만들면 된다. 좋은 집과 좋은 시에는 열매 좋은 나무가 가득하다. 마을이 너른 세상 쪽으로 길을 내어놓듯, 좋은 시에는 뜨건 눈길과 손발길이 있다. 한번 들기만 하면 며칠은 쉬어가고 싶은 따뜻한 아랫목 있다. 윗목에는 가슴을 시원하게 적시는 차가운 물그릇이 있다.

좋은 시에는 높은 담이 아니라 울타리가 있다. 바람이며 강아지며 병아리들 술술 통과시키는 허술한 경계가 있다. 솟을대문이 아니라 사립문이 있다. 문패가 아니라 큰 소리로 부르는 이름이 있다. 머슴과 주인이 아니라 일꾼과 품앗이가 있다.

처마가 있고 그늘이 있다. 고구마 삶아놓은 양푼이 있다. 빨랫줄이 있다. 기저귀가 있고 만가(輓歌)가 있다. 방과 방 사이, 행과 행 사이, 연과 연 사이에 쪽문이 있다. 아이들의 발소리가 있다. 노인네의 헛기침이 있다.

시와 시가 모여 시집이 되듯, 집과 집은 옹기종기 모여 마을이 된다. 좋은 시에는 춤이 있고 가락이 있고 노래가 있다. 좋은 마을에는 꽹과리 소리 끊이지 않는 경사가 있다. 경사 같은, 애사가 있다.

등불이 있다. 좋은 시에는 일순간 어둠을 밝히는 불꽃심지가 있다. 불꽃심지를 찾는 더듬거림이 있다. 어둠을 주물럭거리는 손끝 떨림이 있다. 알전구 매달린 방, 그 출입문 가까이 스위치가 있다. 그 스위치를 건들기만 하면 일순 환해지고, 일순 깜깜해지기도 하는 한 소식이 분명 있다.

그 스위치 언저리에 검은 손때가 있다. 손때만한 현묘(玄妙)가 어디 있겠는가.

2004년 가을
이정록

이정록

1989년 대전일보 신춘문예에 시 「농부일기」가, 1990년 『한길문학』 신인상에 시 「아이들에게」 「감자꽃이 피기 전에 북을 돋워주세요」가, 그리고 1993년 동아일보 신춘문예에 시 「穴居時代」가 당선되면서 작품활동을 시작했다. 시집 『풋사과의 주름살』 『버드나무 껍질에 세들고 싶다』 『제비꽃 여인숙』 『의자』 『정말』 『어머니 학교』 『아버지 학교』, 동시집 『콧구멍만 바쁘다』 『저 많이 컸죠』, 동화책 『발바닥 가운데가 오목한 이유』 『귀신골 송사리』 『십원짜리 똥탑』, 산문집 『시인의 서랍』 등이 있다. 김수영문학상, 김달진문학상, 윤동주문학대상 등을 수상했다.

벌레의 집은 아늑하다
ⓒ 이정록 1994

1판	1쇄	1994년 9월 10일
1판	5쇄	1995년 2월 23일
개정판	1쇄	2004년 9월 30일
개정판	2쇄	2014년 3월 21일

지은이 이정록
펴낸이 강병선

펴낸곳 (주)문학동네
출판등록 1993년 10월 22일 제406-2003-000045호
주소 413-120 경기도 파주시 회동길 210
전자우편 editor@munhak.com | 대표전화 031)955-8888 | 팩스 031)955-8855
문의전화 031) 955-3576(마케팅) 031) 955-8864(편집)
문학동네카페 http://cafe.naver.com/mhdn

ISBN 89-8281-875-8 02810

www.munhak.com

문학동네 시집